王女殿下はお怒りのようです
6. 戦地に舞う銀風
Royal
Princess
seems to be angry
author
八ツ橋 皓
illustration
凪白みと

いつの間にか『浄化の双刃』は
八本にまで増えていた。
それらはまるでレティシエルを守るように
周囲を取り囲み、
光を放ちながら
ゆっくりと旋回する。

（……壊さなくちゃ）

「安心しなよ。
ダンナの邪魔をしようとは
今は思っていないからさ」
ミルグレインが消えた場所をちらと見つつ、
ジャクドーはポツリと呟いた。
その声は、もちろん誰にも届かない。
「……今は、ね」
ジャクドー

王女殿下はお怒りのようです

6．戦地に舞う銀風

八ツ橋 皓

OVERLAP

Royal Highness Princess
seems to be angry

6.

戦地に舞う銀風

CONTENTS

イラスト－凪白みと

CHARACTER

Royal Highness Princess
seems to be angry

ジーク・ヴィオリス

ルクレツィア学園に通うドロッセルの友人。レティシエルの伴侶であったナオによく似ている。

ドロッセル・ノア
（レティシエル・リジェネローゼ）

千年前の王女・レティシエルが転生した少女。公爵家と袂を分かち、平民の身分となった。

ロシュフォード＝ベルアーク＝アレスター＝プラティナ

プラティナ王国の第一王子。昏睡状態から目覚めるも、記憶喪失に。

クリスタ＝アマリリス＝フィリアレギス

フィリアレギス公爵家の三女。ドロッセルの双子の妹。

ルヴィク・レイン

ドロッセルが六歳の時から彼女に仕えている専属執事。

エーデルハルト＝ノウル＝アレスター＝プラティナ

プラティナ王国の第三王子。常日頃から各地を飛び回り、王都にほぼ寄り付かない。

サリーニャ＝ミレーヌ＝フィリアレギス

公爵家が王都追放の刑に決まった後、忽然と姿を消してしまったフィリアレギス家の長女。

ニコル・ラベンデル

ドロッセルがかつて助けた侍女。今はドロッセルに仕えている。

序章　野望の序曲

　男は苛立《いらだ》っていた。ドスドスと荒々しい足音が、カーペットが敷かれた部屋の中に大きく響いている。

「……ったく、上はいったい何をやっているんだ！」

　そう吐き捨てる男の顔は、あまりの怒りのせいか真っ赤に膨れ、鼻息荒く額にも青い筋が何本か浮き上がっていた。

　国の上層部の腰が重い連中が、ようやくプラティナ王国との同盟を破棄したというのに、今さら怖気《おじけ》づきでもしたのか、破棄以来国内では戦争反対派と再和睦派と戦争派がモタモタと揉《も》めに揉めている。

　おかげで過激派である戦争派に属する男の苛立ちと怒りのボルテージは、日に日に上がっていくばかりだった。

「いつまでもグズグズしやがって、炉の燃料だって無限じゃないんだぞ」

　帝国がようやく同盟破棄に踏み切り、それに伴ってアルマ・リアクタの稼働率を上げることも上層部に頷《うなず》かせた。

　しかしアルマ・リアクタの稼働率が上がり、軍事力の強化が容易になったとしても燃料は無限ではない。

男は王国との戦を心待ちにし、その戦いに賭けていた。戦争で武勲を立てれば、それだけで一気に権力をかき集めることができる。そうすれば国の玉座をもぎ取ることも夢ではなくなる。

「今に見てろよ、あの老いぼれども」

ブツブツと呟《つぶや》きながら足早に室内を歩き回っている男の様子を、一人のうら若い女性が憂い顔で見つめている。

近くのロングソファーに座っているその女性は、長い銀色の髪を持つ美しい者だった。胸元が開いた大胆な赤いドレスや、その吊《つ》り目がちな風貌も相まって彼女の色気を際立たせている。

「ディオルグ様、そんなに怒られてはお体に障りますわ」

女性の呼びかけに、ディオルグと呼ばれた男はようやく歩き回る足を止めた。

数か月前、プラティナ王国との国境付近で保護した女性。王国の人間だが、国に追われていると言っていた。名はサーニャという。

「心配しているのか」

「もちろんですわ。ディオルグ様はいずれ皇帝になられるお方ですもの、心配しないほうがおかしいではありませんか」

ソファーから立ちあがったサーニャは、ディオルグのそばまで来るとその腕にソッと自分の手を添えた。

サーニャの身の上についてはわからないことのほうが圧倒的に多い。サーニャ自身が自分を語ることが少なく、その話題になると途端に悲しそうな顔をする。

ディオルグのほうでも、敵のスパイではないだろうかと彼女の出自を探ったことがある。王都に家があったことは突き止めたが、そこから先……どんな家でどんな人間と暮らしていたのかまではわからなかった。

「はっはっは、そうだとも。あんなお飾りの皇帝より、俺のほうが上に立つ者に相応《ふさわ》しい」

「ええ、ディオルグ様。ですからどうかわたくしをお守りください」

サーニャはそのまま遠慮がちにディオルグに身を寄せてきた。少し震えている。美人に頼られるのは悪い気はしない。ディオルグはサーニャの肩に手を回した。

国境付近で偶然サーニャを保護したとき、彼女は自身の身の安全を保障してもらう代わりに、プラティナ王国に関する機密情報を提供するとディオルグに言った。

実際、サーニャが語った情報はどれも王国が帝国には知らせていないようなものばかりだった。国民にすら公表されていない魔術の存在、その使い手、謎の黒い怪物の出現。聞けば聞くほど不審が募るようなものばかりだ。

正直ディオルグもにわかに信じられないことが多かったが、その情報と照らし合わせると説明がつくこともあるのは確かだった。

先の国境付近で起きた反乱では、国境が近いこともあって帝国が状況説明を求めたにもかかわらず、王国側からは『民衆による反乱でありすでに鎮圧済み』という、あまりに簡潔すぎる説明が返ってくるだけ。

ここ一年以内に王国内で起こっている謎の爆発事故についても沈黙を保ち、国内でも王国への不信感は増している。

ディオルグは昔からプラティナ王国という国が信用できなかった。帝国では禁術である魔法を恥ずかし気もなく使っている時点で、相当な危険性を持っている。それに加えてさらに隠している力があるなど、もはや何を仕掛けてきてもおかしくないだろう。

「わかっている、そういう約束だろう？　安心したまえ」

「嬉《うれ》しいですわ。国から命を狙われて、ずっと心細く思っておりましたけど、ディオルグ様に助けていただけて良かったです」

安心したようにサーニャが微笑《ほほえ》む。彼女がどこでこんな情報を得たのかは知らないが、確かにこれだけの機密を知っていれば、国が彼女を抹殺しようとしても不思議ではないだろう。

「閣下、今お時間よろしいでしょうか？」

ふと部屋の外からノックの音とともに側近の男の声が聞こえてきた。ディオルグはサーニャを離し、側近に入室の許可を与えた。

「こんな時間になんだ」

「それが、閣下にお会いしたいというお客様が見えておりまして」

「客？」

ディオルグは訝《いぶか》しげに首をひねった。帝国内の総督同士が派閥争いをしているこの状況で、むやみにこちらを訪ねてくるような者はいないはずなのだ。

「何者だ、そいつは」

「それが……わからないのです。白いローブ姿の方で……とにかく閣下にお会いしたいと、お会いすればきっとお役に立てると」

会えば役に立てるなど、妙な話である。これは刺客か何かが来たなと思ったが、ならばこの剣のもと返り討ちにしてやろうと、ディオルグは客とやらに会うことにした。

「サーニャ、お前はここで待っていろ。すぐ片付けて戻る」

「はい、ディオルグ様」

サーニャは穏やかな笑みを浮かべて小さく頷いた。それを見てからディオルグは満足げに側近とともに部屋を出ていった。

ドアが開き、そして閉じる。ディオルグの姿をずっと笑顔で見送っていたサーニャだが、その姿がドアの向こうに消えると、彼女の顔から即座に笑みがなくなった。

先ほどまでの慈愛に満ちた雰囲気は消え、閉じられたドアの向こうをサーニャは冷めた目で見つめている。いっそ軽蔑に近い眼差《まなざ》しである。

「……」

再び部屋のドアがノックされる。どうぞ、とソファーに腰を下ろしながら、サーニャは小さな声で淑《しと》やかに返事をした。

「失礼いたします、お茶と菓子をお持ちしました」

「あら、わざわざありがとうございます」

お盆を持って部屋に入ってきた侍女に向けて、サーニャは優しい笑みを浮かべる。その顔には、つい先ほどまであった冷淡な表情は欠片《かけら》も見当たらない。

一章　つかの間の休息

イーリス帝国がプラティナ王国との同盟を一方的に破棄してから、およそ一か月が経過していた。

両国の国境近くではお互いの国の軍が駐留し、緊迫した睨《にら》み合いが続いているが、自分から同盟を破棄した帝国側に今のところまったく動きがない。

すぐにでも戦を仕掛けてくるのではないか、と警戒していた王国側も、帝国が何もしてこないのでその目的を考えあぐねて混乱していると聞く。

王都ニルヴァーンにおいても、帝国の沈黙は人々の不安をあおった。街では帝国の噂《うわさ》や戦争の話題が山ほど飛び交い、中にはさらに南のほうに移ろうと引っ越す人もいるとか。

「……こんなときなのに式典は欠かさないのね」

「仕方がないのではないかと。貴族の方々としても、一年の始まりの行事を中止にはできないでしょうし……」

「それもそうよね」

いつにもまして多くの人や馬車でにぎわっているルクレツィア学園本館前の広場を、レティシエルは顔をしかめながら眺めた。

この日は学園の冬期休暇が明けて最初の日。再び春を迎えたルクレツィア学園では、今年から新しく入学してくる生徒を迎える入学式が行われるのだ。

隣国との関係性が緊迫しているこの状況で、そんなことをしている場合ではないのではないかと思うのだが、集まっている貴族たちを見れば、いつもと変わらない様子で社交に励んでいる。

あるいはわざとそうふるまっているだけかもしれない。貴族のしきたりとか風習とかは相変わらずさっぱり理解できないが、先行きが見えない状況だからこそ普段通りの行動で気を紛らわせたい気持ちはわからなくもない。

もっとも、今のレティシエルはすでに貴族ではないのだから、あまり関係のない話だけど。

「気をつけてくださいね、お嬢様。何もないとは思うのですが、今は何が起きてもおかしくないときですし……」

すぐ横でルヴィクが心配そうに声をかけてきた。新聞を購読しているルヴィクは、当然王国の今の状況をある程度は理解している。

記憶のことなど諸々《もろもろ》打ち明けて以来、ルヴィクは今まで以上にレティシエルに対して心配性になっていると思う。

屋敷でも少し前に比べて世話を焼いてくれることが多くなったし、体調やら何やら、出かけるときもやたら心配してくる。

多分昔の記憶がないことを気遣ってくれているのだろう。その気持ちはとても嬉しいけど、そこまで気を遣われると逆になんだか申し訳なくなってくる。

「わかってるわ、ルヴィク。心配してくれてありがとう」

「終わるのは昼頃、でしたよね？　その頃にまたお迎えに上がります」

「ええ」

本来学生の馬車は帰宅時間まで学園の敷地内で待つことができるのだが、ルヴィクにはそこは居心地が悪いようで、毎回こうしていったん屋敷に戻っている。

「いいですか、くれぐれも無茶なことはなさらないでくださいね」

「しないわよ」

「あとこちら、ニコルが焼いたスコーンです。お腹《なか》が空《す》いたらお召し上がりください。お忘れ物などございませんか？　お気をつけくださいね」

「……子どもじゃないんだから」

小声でそう呟いて、レティシエルはルヴィクに抗議する。今のルヴィクと似たような人を前世で見たことがある。小さい妹の面倒を見ている兄だ。

ルヴィクのほうが年上なのは間違いないけれど。昔から長らく仕えていると、気心の知れた相手ならばこうなるものなのだろうか。

「それはわかっていますが、お嬢様は昔から何かとそそっかしいじゃないですか……」

「大丈夫。心配しすぎよ」

確かによくいろいろなところに首を突っ込んでいる自覚はあるけど、いくらなんでもそんなそそっかしいことはしていない。

していないはず。……していないわよね？　ちょっとだけ不安かもしれない。

まだ若干心配そうなルヴィクを見送り、レティシエルは踵《きびす》を返す。入学式の会場は本館裏の大聖堂だったはず。

本館の後ろに広がる大きな池のほとりに大聖堂はそびえている。ルクレツィア学園が創設されたときに、創設記念として作られたとどこかで聞いたことがある。

古くからある建物だからか、本館に比べると外装の色味は少し暗く、建物そのもののデザインももう少しシックで簡素なものである。

今の貴族や上流階級の無駄にゴテゴテと煌《きら》びやかに装飾された建築物より、少ない装飾ながらも統一された色味や彫刻が迫力ある大聖堂のほうが、レティシエル的にはかっこいいように思える。

大聖堂の外にはルクレツィア学園の制服を着た少年少女が、いくつかのグループに分かれて談笑している。彼らの制服の襟元にはライラック模様のバッジがついている。どうやら新入生らしい。

「あら、皆さまごきげんよう」

「先日お茶会でお会いしたばかりですが、お元気ですか？」

「何もありませんわよ。そちらこそその髪飾り、とても綺麗ですこと」

「まぁ、お上手ですのね」

新たな初等生たちの会話を聞きながら、レティシエルは大聖堂の入り口に向かう。

入り口では数人の教員が受付をしており、レティシエルが名前を告げると一個のバッジを手渡してきた。

そのバッジの模様は牡丹《ぼたん》だった。そういえば一年が過ぎたのだからレティシエルも初等生から中等生に上がったのだった。まだ襟元についたままのライラックのバッジを外し、それを牡丹のバッジと交換してもらう。

「……あ、ドロッセル様！」

大聖堂の中の人影はまだまばらだった。外や本館前の広場に人がたくさんいたから、まだ移動してきていないらしい。

一番後ろの席の一角に座っていたミランダレットは、どうやって察知したのか入ってきたレティシエルを早速見つけて手を振ってきた。そのすぐ隣に座っているヒルメスもレティシエルのほうを向き、ニカッと豪快に笑ってみせる。

「おはようございます、ミラ様、ヒルメス様も」

「おっす。お久しぶりっすね！」

冬期休暇明けだから、久しぶりなのは確かだろう。二人の襟元にも牡丹のバッジが煌めいている。

「また今年も一年間、よろしくお願いしますね」

「はい、こちらこそ！」

嬉《うれ》しそうな笑みを浮かべ、レティシエルの手を取ってミランダレットは大きく頷《うなず》いた。まさか手を取られるとは思っていなくて、少しびっくりした。

「お二人は冬期休暇、いかがでした？」

「わたしは王都からほとんど出ていませんね。南に住んでる祖父のところには行きましたけど、それ以外は……あ、そういえばそのときのお土産があるんです。明日持ってくるので渡しますね！」

「あら、もらっていいのですか？」

「良いに決まってますよ。ドロッセル様に渡すために買ったんですもの」

ミランダレットは楽し気にそう言ったが、その瞳の奥には今の状況に対する不安が揺れている。

だけどそれについてレティシエルはあえて指摘しないことにした。今、この場でその不安を問うたところで、余計に不安になるだけだろう。

「ドロッセル様は？」

聞かれて、レティシエルは一瞬言葉に詰まった。サラとの戦いのことが脳裏をよぎる。

「うーん、特に何も……」

「……？」

とりあえずその一言を絞り出すが、ミランダレットは首を小さくかしげた。

「強いて言うなら本をたくさん読み漁《あさ》りましたね」

「えぇ……師匠、それいつもと変わんないじゃないっすか」

げんなりしている様子でヒルメスが言ってきた。彼はきっと、長期休暇になると普段ではなかなかできないようなことをやるタイプだろうな……。

「俺は親父《おやじ》の騎士団の訓練に殴り込んだっすよ。騎士団と手合わせできるこんな機会、普段ならめったにないすから！」

「……そうなんですよ、ドロッセル様、聞いてください。リーフったら暴れすぎて自分が持ってた木剣を全部壊したんですよ。信じられます？」

「あれは木剣がもろすぎるのがいけないんだ！」

やっぱりそうだった。

ちょっと予想できてしまっていたレティシエルは軽く吹き出してしまった。ヒルメスは解せぬ、とでも言いたげな顔でくさっている。

　まぁ、本人としては別にとんでもないことをしているつもりはないのだろうし、そういう反応にもなるだろう。

「そういうミラは親戚の領地に遊びに行ったんだろ？」

「うん、お母さまの養生もかねて。南のほうだったからあったかくて、美味《おい》しい果物とかお野菜とかもたくさん買えたわ」

「え？　いやだって、結局金が足りなくてやっすいのしか買えなかったとかなんとか言ってたじゃ……」

「……リーフの分のお土産も買ったんだけど、いらないんだ？」

「すまん、俺が悪かった！」

　話題はそのままミランダレットとヒルメスの冬期休暇の話に移っていった。

　それぞれが自分の冬期休暇の思い出を語り、レティシエルも交えて大いに盛り上がった。

　一見すれば、休暇明けの雑談を楽しんでいるようにしか見えない。

　でも、二人から振られる話題には途切れがなかった。会話が終わりそうになると、すぐにどちらかが違う話を始める。

　それはほとんどが他愛のない世間話で、取るに足らない日常的な話題。まるで沈黙を生み出さないようにしているように感じられる。

　あるいは気を遣われているのかもしれない。さっきの質問以来、二人は一度もレティシエルの冬期休暇について聞いてこようとはしていない。レティシエルの先ほどの言動で、二人は何か感じ取っている様子もなくはない。

（……そんなにわかりやすく態度に出ていたかしら？）

一緒にいる時間が長くなれば、お互い段々気心が知れてくる、とはこういうことを言うのだろうか。

でも友人とのやり取りにホッとしている自分がいる一方で、ふとした瞬間にため息をこぼしたくなる自分がいるのは確かだ。

それだけ冬期休暇中、白の結社の統領……かつての幼馴染《おさなじみ》だったサラとの再会はレティシエルの心に爪痕を残していた。

『私は魔術を滅ぼす者。この世界から真に争いの根源をなくす者だ！』

レティシエルへの復讐《ふくしゆう》と同時に、サラはそう宣言していた。

それが何を意味するのかは、レティシエルにもわからない。でもあの子のレティシエル、そして魔術への憎悪は本物だと、そう直感した。

「……」

あれ以来、先生が死んだ前世のあの夜の出来事を何度も夢に見た。

先生を助けようと燃え盛る家の中に飛び込んだのに、窓を突き破って生き長らえたのは結局レティシエル一人。先生が、その手でレティシエルを外へ突き飛ばした。

人殺しだと、あの子は今もレティシエルを恨んでいた。無理もない。直接手はかけていないにしろ、あのときレティシエルが先生を見殺しにしてしまったのは本当なのだから。

先生の家がなぜ燃えたのか、なぜ先生が死ななくてはいけなかったのか、結局のところわかったことは一つもない。

ふと脳内を赤い髪の少女……アレクシアの面影がよぎる。謎に包まれたままという意味では、アレクシアの死と先生の死は似ているのかもしれない。

そして、結局どちらもレティシエルが、ドロッセルが、救うことができなかった命だ。

「ドロッセル様、大丈夫ですか……？」

「……？　平気ですよ、少し考え事をしていただけです」

「……何か悩んでいるのなら、抱え込まないでくださいね。話くらいなら、いつでも聞きますから！」

「ふふ、ええ。何かあったときには頼らせてもらいますね」

そうは言ったものの、今はまだミランダレットたちに打ち明けるつもりはなかった。二人を信用していないわけではない。むしろ心から信頼している。

でもこれはレティシエル自身が向き合わなくてはならないことだ。大事だからこそ、二人を安易にこちらの闇に巻き込みたくはない。

「まだ、こんな時間なのですね」

会話が途切れたタイミングで何となく大聖堂の時計を見てみると、入学式の開始予定時刻までまだ三十分以上も余裕があった。

「少し早く着きすぎてしまったんです。ドロッセル様、席、座ります？」

「どうしようかな……まだ始まるまでかなりあるのでしょう？」

「そうですね、まだ三十分くらいあると思いますよ」

「ならもう少し歩いてくることにします。三十分聖堂内で座っているのもなんですし」

「じゃあ席はちゃんと取っておきます。安心して行ってきてくださいね！」

「ふふ、ありがとう」

友人たちにお礼を言って、来た道をまた引き返していく。聖堂の出入りは自由らしく、受付の教師たちも出ていくレティシエルを止めはしなかった。

そして外に出てきたレティシエルだったが、特にどこか行く当てがあるわけでもない。とりあえず大聖堂とか湖の周りを適当に散歩しようかな、と歩き出してしばらく、視界の奥に映った人だかりの中に見知った顔を見つけた。

ジークだ。それ以外に制服を着た知らない少年たちが一緒にいる。彼らにジークは頭を下げたりしているが、険悪な雰囲気は感じられない。遠くて少年たちのバッジはよく見えないが、もしかして上等生の人たちだろうか。

思わずじっと眺めていると、話が終わったのかジークが少年らに一礼して振り返ってきた。カチンとお互いの視線がぶつかる。

「おはようございます、ドロッセル様」

ジークが先に声をかけてきた。レティシエルもそれに応える。

「おはよう、ジーク。今年もよろしくね」

「はい、こちらこそ。今いらしたんですか？」

「いいえ、さっきまで中でミラ様やヒルメス様と話していたわ。ジークのほうこそ、さっきどなたかと話していたみたいだけど？」

先ほど少年たちがいた場所をチラと見る。今はもう移動して、そこには誰もいなくなっている。

「あぁ、あれは上等生の先輩方です。去年の冬頃から、何かと声をかけていただくようになったんですよ」

冬というと、公爵領の事件やら何やらでレティシエルが学園を留守にしがちだった時期だろうか。

「へぇ、それはまた突然ね」

「話すことはもっぱら私の研究のことですけどね」

「研究……そういえば自分の研究室を持っていると言っていたよね」

「ええ」

平民でありながらその優秀な才能を買われてルクレツィア学園に入学したジークは、入学当初から自分の研究室を与えられていた。研究内容は、確か数学式や算術、機械工学に関係するものだったと、前どこかで聞いたことがある気がする。

「揉《も》めてる、わけではなさそうですけど？」

「そんなことはないですよ。むしろ、興味を持っていただけてるようで」

「あら、それはすごくいいことではないかしら？」

この学園は貴族の子どもたちが通う学校であり、平民出身の生徒は今のところジーク一人だけ。

平民は貴族に軽んじられているこの時代で、貴族出身の生徒が平民の研究に興味を持つなど、かなり珍しいのではないだろうか。

「いいことですけど、まだまだですよ。ようやく認めていただけたばかりです」

「それでもこの年齢で貴族から一目置かれるというのはすごいことですよ」

「それをおっしゃるなら、ドロッセル様は国王陛下に認めていただけてるじゃないですか。敵《かな》いませんよ」

「うーん……」

小さく笑い声を立てるジークに、言われてみればそうか、とレティシエルは返事に困ってしまった。

「ドロッセル様のほうは散歩ですか？」

「ええ、式が始まるまでかなり時間があるから、気晴らしに」

そんなことを話しつつ、なんとなく二人で並んでその辺をぶらつき始める。春になったばかりで、まだ少しだけ肌寒い風が吹く。

「ジークは冬期休暇中どうやって過ごしていたの？」

「私のほうは特に何も。実家に帰ったくらいでしょうか」

「あら、ご実家に？」

「ええ、母を一人で残してきていますので、長期休暇のときはできるだけ帰るようにしているんですよ」

王都から遠くも近くもない場所にある小さな村だという。ジークは自分の村に戻ったときの出来事をいろいろ話して聞かせてくれた。

ジークの母親は片目をなくしてしまっているが、腕のいい裁縫職人で今でも紡績業に携わり、布を織ったり刺繍《ししゅう》を施したりしながら生計を立てているという。

目を失ったことをきっかけに村に引っ越してきたらしいが、村の人たちはみな優しく、今でもジークが里帰りすると村を挙げて宴会をしてくれたり、いろいろな日用品や食べ物を持たせてくれる。

その思い出が、レティシエルには少し眩《まぶ》しく感じた。

「家族、か」

「あ……すみません」

思わずこぼしてしまったレティシエルの呟《つぶや》きに、ジークがあっと我に返って謝罪してきた。

「……？　どうして謝るの？」

「だって……ドロッセル様はご家族と離別されたばかりじゃないですか」

「あぁ、そんなこと。気にしないで、そういうことじゃなくて……」

「？」

「……なんでもない」

言いかけた言葉を呑《の》み込んだ。別に公爵家の面々を思い出したからではない。家族、という単語に反応してしまったのは、千年前の家族を思い出したからだ。

あの頃は今のような豊かな生活も、安定した国も保証されてはいなかった。それでもみんなが助け合って、父も母もナオもいつも笑っていた。

意識しなければ家族の顔も声も思い出せないことが増えてきている。何かが足元からガラガラと崩れていくような、そんな不安。

先生のことは忘れることはなかったけど、サラのことも再会して話すまでわからなかった。ずっと、前世の思い出を抱きしめていけるのだと思っていた。

この記憶はいつか消えてなくならなければならない定めなのだろうか。だとしたら、

『レティシエル』としての自分には何が残る？

「……ドロッセル様は、何か悩みがあるのですか？」

「……なぜ、そう思うの？」

「沈黙があると、考え込んでいるように見えたので……」

ジークは歯切れが悪そうだった。切り出したは良いけど、このまま聞いていって大丈夫なのか気にしている。

「そんなにわかりやすいつもりはなかったのだけれど……」

「何かあるのなら、相談くらい乗りますよ？」

「……ありがとう」

でもこれはレティシエル一人の問題だ。むやみに他人を巻き込んだりはしたくない。

「……そうですか」

何も言わず礼だけ告げるレティシエルに、ジークは少しだけ寂しげな笑みを浮かべた。

しかしその顔を見ていないレティシエルは、そのことには気づかない。

「……そろそろ、戻りますか？」

「そうね、そうしましょう」

会話が途切れたタイミングで、どちらからともなくレティシエルたちは大聖堂に向かって歩き出した。

道中、二人の間には会話はなかった。他の生徒たちの話し声や風の音だけが通り抜けていくが、不思議とこの沈黙は気まずくなかった。

大聖堂から遠くに移動したわけではなかったので、入り口まで戻るのにそこまで時間はかからなかった。

先ほどよりも入学式の開始時刻に近づいているので、まだ外に出ている生徒の数はずいぶん減っている。

「……あれ？　ドロシーじゃないか！」

そして入り口の前の階段にエーデルハルトが一人で座っていることに気づいた。そういえばエーデルハルトはレティシエルたちより一つ下だし今年入学してくるのは当たり前か。

しかし、今日のエーデルハルトはそばに誰もついていない。領地に駆け付けたときは確かアーシャとメイが一緒にいたと思うのだが、今日は来ていないのだろうか。

「お久しぶりです、エーデル様」

「おう、しばらくぶりだな。ん？　どうした？」

周囲をぐるっと見回すレティシエルに、エーデルハルトは不思議そうに首をかしげる。

「俺の周りになんかあるか？」

「いえ、アーシャ様たちはご一緒じゃないのだなと」

「あぁ、アーちゃんは学園には通わないからな。治療師見習いとして学びたいことが多いから、そっちを優先したいんだとさ」

もう一人の少女メイに関しては、エーデルハルトよりもさらに一歳年下なので、そもそも学園に入学できる年齢ではない。

「それに、そもそも二人とも俺にというより、母上に仕えてるからな。いつも一緒ってわけではないぞ！」

「そ、そうですか」

「なんだ？　もしかしてアーちゃんたちに会いたかったとか？」

「それはなくもないのですが、エーデル様がなぜか自信満々なので」

いつも一緒にいないことをそんな自信たっぷりに言われても、少々反応に困ると思った。

「そりゃ誇らしいさ。俺と一緒にいないってことは、二人とも本来の自分の役目を全うしてるってことだ。これ以上にない自慢だろ？」

さもそれが常識といわんばかりに、エーデルハルトは爽やかな笑みでそう切り返してきた。

「俺が言うのも何だが、アーちゃんもメイも貴族社会に向いてないんだ。意思がはっきりしてるっていうか、こういう面倒なしがらみに放り込むにはもったいない」

「確かに、それはそうかもしれませんね」

思わずレティシエルは微笑《ほほえ》んだ。言われてみれば確かにそういう考え方もできるのかと納得するけど、こんな不思議な考え方をする人に会うのは初めてかもしれない。

「でも、少し意外でした。このタイミングでも、入学は普通にされるんですね」

「うーん、そこは俺も意見したんだけどな。この緊急事態で、学園に通う暇があったら国のために戦いに貢献したいってな」

腕を組んでエーデルハルトはいかにも不服そうな表情で文句を言っている。

「けど父上がダメだって言うんだ。王家の一人であり王子として、果たさなければならない役割だとさ」

「まぁ、陛下の考えもわからなくはないですけど」

貴族の頂点ともいえる王族が、学園に通わないという特権を得られるのはおかしな話だろう。王家の立場というものもあるだろうし、貴族たちにも示しがつかない。

なんだかもっともらしいことを言っているように聞こえるが、本当は多分エーデルハルトが学校嫌いだからじゃないだろうか。自由気ままに各地を旅して回っていた彼にとって、学園は窮屈な場所に違いない。

「そっちの方も、会うのは初めてかな」

「お初にお目にかかります、殿下。ジークと申します」

レティシエルの横に目を向け、まるで旧知の仲のようにエーデルハルトは軽く手を挙げた。表情には出していないが、ジークが戸惑っている気配が伝わってくる。

「そんなにかしこまらなくていいよ、ジーク殿のことなら俺も知ってるからさ」

「私をご存知で？」

「ああ。ルクレツィア学園在籍の唯一の平民で、特待生として認められた希代の秀才。噂《うわさ》はすぐに一人歩きする」

「そ、そうでしたか」

「本人に会えて光栄だよ。あ、別に身分がどうこうとか言うつもりはないから安心してくれ。そんなもん大して意味もないからさ」

息を吐くように王族らしからぬ発言をするエーデルハルトに、ジークは反応に困っている様子だった。

「殿下は、稀《まれ》な御方《おかた》ですね」

「ハハハ、よく言われる」

ジークの驚いているのか感心しているのか微妙にわからない言葉に、エーデルハルトはいつものような飄々《ひょうひょう》とした態度で笑った。

「んじゃ、またな、ドロシー。ジーク殿も」

「は、はい」

最後にそう言い残して、エーデルハルトは小走りで聖堂内に入っていった。

その背中だけを見れば、王子と言われないと年相応の元気な男の子にすら思える。王子らしくないところも相変わらずらしい。

「元からお知り合いなのですか？　愛称で呼んでおられるようですけど」

「ええ。幼馴染《おさななじみ》とでも言うのかしら？　子どもの頃はよく一緒に遊んだわ。あれは昔からのあだ名らしくて」

「らしい？」

「……失礼、忘れて」

その辺の記憶は、まだほとんど思い出せないままだけど、というのは心の声だ。咳払《せきばら》いをして誤魔化した。

「ジークにはいたの？　幼馴染」

「幼馴染ですか……。幼い頃の記憶がないので何とも……」

「あぁ、そうだったわ……ごめんなさいね」

「謝らないでください。ドロッセル様が気にすることではないのですから」

それからしばらく話し、そろそろ開始時間になりそうだとレティシエルとジークは大聖堂に戻る。二人が並んで椅子に座ってまもなく、入学式は始まった。

なお、ミランダレットは宣言通りレティシエルの席を取っておいてくれていた。ジークの席も一緒にあるのは、あとから来るかなと思ってのことらしい。

在校生代表としてライオネルが登壇して祝辞を述べたりしながら、淡々と式は進む。

つまらなくて眠たくなってくるので、レティシエルは祭壇奥のステンドグラスをぼんやり眺めつつ、いつものように考え事で乗り切ろうと決意した。

光を反射して輝く色とりどりのステンドグラスは、触れればたちまち粉々に砕けてしまいそうなくらい、儚《はかな》くも美しかった。

＊＊＊

入学式の次の日は授業……ではなく休日だった。

連続した休日の間に、入学式のために一日だけ学園に行かなければいけないという、微妙なスケジュールはもう少し調整できなかったのだろうか。

何はともあれ休日である。適当な私服を着て、レティシエルはニルヴァーンの街に繰り出していた。

「ところで、エーデル様はどこに行かれようとしてるのですか？」

レティシエルの隣には、やはり簡素な私服姿のエーデルハルトが並んで歩いている。

仮面の少年……サラと戦ったあの日に協力関係を築いて一か月半、エーデルハルトは国のゴタゴタで何かと忙しくしていたため、お互いの情報共有はまだできていない。

そして今日、彼は約束通り情報を教えると言ったのだが、こんな夕方に街に来てどんな情報が仕入れられるというのだろう。

「んー、どこって聞かれると、ある店だけど、ざっくり言えば情報屋だな」

「情報屋、ですか……」

「決して危険な店とかじゃないからな！　そこは心配しないでくれ」

「そんなに念を押さずとも。そこは別に心配していませんよ」

レティシエルの質問に答えるエーデルハルトの言い回しも、なんだか奥歯に物が挟まったようだ。

帝国との緊迫状態の中、日中は人通りも減っているけれど、夕飯の買い出しの時間帯だからか、今は通りにもそれなりに人の姿が見える。もしかしたら人通りが多いから、情報屋とかそういうことは大声では言いにくいのかもしれない。

そう判断してレティシエルはとりあえず、黙ってエーデルハルトの後についていくことにした。

いくつか路地を曲がっていくにつれ、通りにはまだ辛うじて残っていた喧騒《けんそう》がどんどん減っていき、五つ目の路地の角を曲がった頃には周囲にはレティシエルたち以外誰もいなくなっていた。

「こんな場所、あるんですね……」

「まぁ、位置的には貧民街の方向に近いかな。あんまり人も来ないんだ」

「なるほど」

確かにそんな場所なら情報屋などが潜伏するのにはうってつけだろうな、なんて思いながら進むと、エーデルハルトは一枚のドアの前で立ち止まった。

ドアにはOPENと書かれた丸い木の看板がかかっている。ドアの周りを軽く見渡してみると、左隣には小型の黒板が立てかけられ、食べ物の名前やら金額やらが書いてある。どうやら喫茶店か何からしい。

さらにドアの右手には『バー・バウバウ』と書かれた看板もついている。店の名前だろうか。バーというと……確か酒が飲める店だったような……？

「……エーデル様って、こんなお店に通ってらっしゃるんですね」

「何か勘違いしてないか？　別に俺が通ってる店ってわけじゃないんだぜ？　あ、いや、通ってるって言えば通ってるのか」

否定したり肯定したり、エーデルハルトの表情は少々忙しい。通っていると言えば通っている……この店が例の情報屋なのだろうか。

「とにかく！　ここのママ、結構腕が良くてな、なんだかんだよく世話になってるんだ」

「てっきりエーデル様がお酒を嗜《たしな》んでいるのかと」

「まさか！　未成年なんだから酒が飲めるわけないだろ」

未成年……千年も経《た》てばお酒を飲むのにも年齢制限があるらしい。初めて知った。何歳までが未成年なのかしら。

　カランカラン。

　エーデルハルトがドアを押し開けると、ドアについていたベルが軽やかな音をたてた。

　店内はとてもこぢんまりとしていた。壁際にテーブル席が二つある以外には、奥に向かって伸びるカウンターに備わった椅子が四つほどあるだけである。

「よっ」

　店内には一人だけ男性の客がいる。その人はどうやらエーデルハルトのことを知っているらしく片手を挙げて挨拶してきた。

　エーデルハルトもそれに応えて爽やかな笑みとともに手を振り返している。かなり面識があると思われる。

「いらっしゃ～い、まぁ！」

　そしてカウンターの中には、布巾でグラスを拭いている女性が立っていた。

　濃い茶色の髪を垂らし、シックな黒いドレスを着ている。店員がこの人しか見当たらないし、この人が多分店長もといママだろう。

「あ～ら～、エディちゃんじゃないの。最近見ないからもう来ないのかと思ったわ」

「来るよ。こんな腕のいいママがいる店、通わないなんて損だろ？」

「まっ！　相変わらずお上手ねっ」

「割引は？」

「しない！」

「ちぇ～」

エーデルハルトを見ると、ママは作業を中断して嬉《うれ》しそうに彼に声をかけた。
エ、エディちゃんって……仮にもこの国の第三王子に対して、その対応は大丈夫なのだろうか……いや、そんなことを気にするような御方でもないか。
「……あら？　あらあらあら⁇」

心中で納得していたレティシエルは、突然こちらに気づいて驚いたように近づいてくるママに思考を中断せざるを得なくなった。

「もしかして、もしかしなくてもドロッセル様じゃないかしらん！」

「……？」

急にレティシエルの手をつかんで名前を呼んできたママに、レティシエルは小さく首をかしげた。

レティシエルがこの店に来たのは、当然今回が初めてである。目の前に満面の笑みで立っているこのママとも初対面のはずなのに……。

「なぜ、私の名前を……」

「そりゃもう、知ってるに決まってるじゃない！」

自信満々に胸を張って言い切られた。えっと、情報屋のママだから知ってるとか、そういうことなのだろうか？

「……失礼ながらどこかでお会いしましたでしょうか？」

「あら、やだ！　もしかして忘れちゃったの？　んもぅ、薄情者ね」

少し芝居がかった動きと台詞《せりふ》で、ママはとても大げさに嘆いてみせる。

ママをしている知り合いなんて、これまでにいただろうか……いや、そういえば目の前のママ、見た目も格好もどう見ても女性だけど、女性の割に声がとても太くて低い。まるで男の人のような……。

「……あ、もしかして、バウリオ先生？」

「そう！　そうよ～、大正解！」

レティシエルのことを知っている、同様の特徴を持つ人が学園に一人いたのを思い出した。美術教師のバウリオだ。

初対面のときにもかなり衝撃を受けた記憶があるが、二度目の対面のほうがもっと衝撃的な人っているんだと実感した。なんというか、頭が一瞬混乱する。

「教師と店の経営を並行してやってるのですか？」

「そうとも言えるわね。でもあたし、常勤の教師じゃないから、どっちかというとこっちのほうが本職なの」

「へぇ……」

「あら、反応が薄いのね」

「そんな経歴だったとは知りませんでした。すごいですね」

「ちょっと！　無理やり棒読みしなくていいわよ！」

反応の薄さを指摘されたから褒めてみたのだが、なんだか機嫌を損ねてしまった様子。

「もともとバーの経営の片手間に副業まがいなこともやってたら、ルーカスちゃんからスカウトが来たのよ」

「学園長が……」

それは意外ななれそめだ。

ルクレツィア学園には常勤非常勤含めて大勢の教員がいる。中には学園長が見込んで採用している人も一部いると聞いたこともあったが、まさかこんなところで出会うとは。

「店はいつからやってるんですか？」

「んー、もう十二年くらいになるかしら。副業のほうは十年くらい」

副業とは、おそらく情報屋稼業のほうだろう。

「ちょっとした事故で住んでた家と家族をなくして、生きるために店を開くことにしたのがきっかけかしらん」

「……ごめんなさい」

「あらいやね、辛気臭い顔しちゃって。もうとっくの昔に過ぎた話よ？　今更引きずったりしないわよ」

そう言うバウリオの表情は本当にカラッとしていた。

事故に対しては後腐れないのだと、その表情が体現している。家族を失うような事故の記憶も、十数年経てば立ち直れるものなのだろうか。

「バウちゃん、勘定を頼む」

「はいは〜い」

先ほどの男性客がバウリオを呼んだ。どうやらもう帰るつもりらしい。

「なぁ、まけてくれねえか？　今度ワインに合うつまみ持ってくるからさ」

「あら、ダメよ。おかわりの分のお金は取ってないんだから、お土産で誤魔化そうとしたって無駄よ」

「やっぱ無理かー」

「代・わ・り・に、今度上等なワインでも仕入れておくわ。そのときは一杯付き合いなさいよね」

「そう来なくっちゃ！」

馴染《なじ》みなのか二人の会話はかなり軽快だ。この男性、バー・バウバウに通うようになって長いのかもしれない。

「この店ってどのくらい客が来るのですか？」

「そうだなー、多分固定客はそれなりにいるんじゃないか？　ほら、こんな場所にあるし、ちょっとした隠れ家っぽいだろ？」

「確かに……」

大通りにある開放感抜群のおしゃれな喫茶店より、こういう奥まった路地の中にひっそりあるバーのほうが落ち着くのかもしれない。

しかしバウリオ先生のあだ名、バウちゃんというのか……。なんだか犬を連想させる呼び方だけど……。

「ここではね、みんなあたしのことバウちゃんって呼んでくれるの。ドロッセル様も良かったらそう呼んでちょうだい」

「バウちゃん……」

「あ、それかママでもいいわよ？　むしろママって呼ばれたほうが……」

「いえ、バウリオ先生のままで大丈夫です」

「んまぁ！」

大げさに目を見開いて口をとがらせてみせるバウリオだが、すぐにいつもの軽い調子に戻っているあたり、オーバーリアクションなだけで特に気にしてるわけではなさそうだ。

「……それで？　エディちゃんと一緒に来たってことは、ドロッセル様も何か情報をお探しかしらん？」

さっきの常連客が帰っていったのを確認し、バウリオは再度こちらに向き直った。その様子からして、あの男性は情報屋としてバー・バウバウを知らないらしい。

「そういうこと。いっちょ頼むよ、バウちゃん」

「はいはい、ちょっと待ってちょうだいね。ササッとお店、閉めちゃうから」

濡《ぬ》れた手を手ぬぐいで拭き、バウリオはカウンターから出てくるとドアの外にCLOSEDのプレートをかけ、店の入り口を閉じた。

そして店の窓のカーテンを閉めれば、バーが完全に外部から隠され、閉店したような薄暗さに包まれる。

「さてと……まずは何が知りたいのかしら？」

カウンターの中に再び戻ると、引いてきた椅子に座ってバウリオは聞いてくる。その顔には、さっきまであったにこやかさは消えていた。

「うちではね、お望みであれば大体の情報は提供できるわ。ただあんまり深いところにある情報は無理。あたしも命は惜しいからね」

肩をすくめてそう言い、バウリオは棚からグラスを二つ取り出し、オレンジを絞ったジュースを注ぐとレティシエルとエーデルハルトの前に置いた。

「それをわかった上でご要望をどうぞ」

「イーリス帝国の情報が欲しい。ピンからキリまで、どんな些細《ささい》な情報でも構わない」

用件を言ったあとに、良いか？　と確認するようにエーデルハルトはこちらを見てきた。

レティシエルは頷《うなず》き返す。

実際、レティシエルには今情報屋に頼ってまで得たい情報はない。今回は以前レティシエルが提供したサラの情報に対する見返りのようなものだ。

それにもともとは同盟国であるくせに、イーリス帝国については表面的な情報以外出回っていないのも事実だし。

「あぁ、帝国の話？　それならわっさわっさあるわよぉ」

そう言ってバウリオはカウンター奥の扉へと消えていき、しばらくして紐《ひも》で束ねられた紙束を持って戻ってきた。

「最近はみーんな帝国の動向が気になるみたいでね、何かと情報を求めてくる人が多いのよね～」

そんなことを言いながらバウリオは紙束をカウンターの上に置き、紐をほどいて紙を広げる。

「さぁて、何が知りたいの？」

「あるもの全部」

「あら、欲張りさん」

とか言いつつ断ろうとはしないあたり、バウリオにとってこれは珍しいことではないのだろう。心なしかちょっと楽しそうにしている。

「帝国の基礎情報は知ってるわよね？」

「ああ」

「オッケ～、じゃあその辺の情報はとっとと流しちゃうわね」

パラパラとページをめくりながらバウリオは言った。

「イーリス帝国、アストレア大陸北東を支配する大陸最大の国。千年戦争時の大国ドランザール帝国を前身とし、今から六百年ほど前に今の国名に改名。国の政治体系としては四十一の州をそれぞれの総督が統治し、その総督を皇帝が束ねる形を取っている。魔法に対して徹底的に否定の立場を貫き、魔法研究が盛んなうちの国とはもとからそりが合わない」

そりが合わないのは言えていると思う。このあたりの歴史や実態は、書籍などでも見かける内容だ。

「アルマ・リアクタという特殊な融合炉が生活の要。最近では総督の権力が強まって、個々の州が半独立国家のようになって無法地帯化が進んでる。治安悪化のせいもあって奴隷たちの反乱は多発、街の一部が爆破されるなんてことも何件かあるみたい」

猛スピードで全ての資料をめくり終えたところで、バウリオの話は一段落した。

「概要はこんなもんねぇ。はい、詳しい質問をどうぞ？」

「アルマ・リアクタについての詳細」

「やっぱりそう来るわよね〜」

即答したエーデルハルトにバウリオはそのまま情報を探し始める。きっと帝国の情報を知りたい人たちは、みんな第一にこの融合炉の情報を欲しがるのだろうな……。

「とはいえアルマ・リアクタについては、名称以外は国民にすら実体は公表されていないわ。あんまり期待しないでよね」

「構わないさ、文句は言わない」

「国中にエネルギーを供給する炉みたいね。帝国での生活にはなくてはならないものだし、軍事にも利用されてるわ。帝国ではうちの国みたいに火おこしとかはしないんだって。明かりも料理も、全部アルマ・リアクタのエネルギーを使ってる」

「そのアルマ・リアクタの燃料は？」

「不明よ。帝国領土北端の地でのみ採れる希少鉱石を使ってると言ってる。ただこれは帝国が自分で公表している情報」

「バウちゃんは本当だと思う？」

「グレーゾーンよ。実際帝国の北って確かに永久凍土だし、寒冷対策が発達してる帝国ですらホイホイ立ち入れないって聞くわ。嘘《うそ》か、あるいは公表しても不利にならないって思ってるのかもね」

「それもそうだな」

確証が何もないせいか、エーデルハルトはあっさり引き下がった。

「あと、炉は一個だけじゃないらしいわ。一番大きいのは帝都に置かれてるもの」

「国内各地に複数個あるということですか？」

「帝国上層部の言い分によればそうね。あたしの手持ちの情報だと帝都の一個しか確認できないけど、多分州に一個ずつあるんじゃないかしら？　あれ一個であんな広い領地を全カバーなんて無理があるもの」

「……そうですね。帝国上層部が公表している情報に、どこまで信憑性《しんぴょうせい》があるのかも未知数ですし」

「そゆこと」

不都合な情報や、自国を不利な立場に立たせる情報を進んで開示しようとする国はない。

レティシエルの言葉に、バウリオはパチンと指を鳴らして同意してきた。

「んー……わかってたけど、やっぱ情報が少ないな」

「相手が国を挙げて死守してる機密よ？　そう簡単に手に入れさせてはくれないわよ。そのあたりはエディちゃんのほうが詳しいんじゃないかしら？　お兄さん、留学してたんでしょ？」

「そうでもないさ。肝心なところについてはわかんないままだ。信用されてないな」

そういえばライオネルは去年までイーリス帝国に留学に行っていた。

同盟国の王族ですら知り得なかったなんて、どれだけこのアルマ・リアクタという融合炉は重要なものなのか。

「あらあら、お互い様じゃない。ほら、何か月か前に国境付近で起きたあの反乱、結局最大の功労者様の正体は『謎の能力者』のままだもの」

「……」

「あれについてはうちの国も結局国家レベルで死守して、帝国には一片も情報を渡さなかったでしょ？」

「アハハ……まぁ、そっか」

エーデルハルトが困ったように肩をすくめ、レティシエルは無表情を決め込んだ。その謎の能力者が自分とは、この場で言わないほうが絶対良い。

「奴隷制度については？」

「昔からある制度みたいだけど、歴史の流れでは一回途絶えたことがあるみたいね。六百年前、帝国が改名したときに一度廃止されてるわ。でも四百年前にまた復活してる」

「また微妙な時期だな」

「そうなのよ。でも復活した理由はよくわかってないわ。一回やめてみたけどやっぱり人手不足で困ったから、っていうのが帝国の言い分だけど、それにしたら二百年も空いてるし、その頃にはアルマ・リアクタのエネルギー利用はすでに普及してたし」

「人手で困るような状態ではなかった、てか？」

「そうゆうこと。何か別に理由があったんだと思うわ」

二人の会話に耳を傾けつつ、エーデルハルトが目を通し終わった資料の束をレティシエルも読んでみる。

そのページはちょうど、帝国内における魔法弾圧についての情報が羅列してあった。弾圧が始まったのは帝国がイーリスに改名したあと、それから毎年誰かしらが摘発され、大規模な虐殺も行われている。

「……結局、どうして帝国はここまで魔法を否定するのでしょう？」

「気になるのか？」

「気になりますね。帝国の弾圧行為はいささか病的なものを感じます。弾圧を徹底したところで、魔力は人間が生まれ持つ消し去ることはできないものなのに、ここまで魔法排除に躍起になる意味がわかりません」

帝国において弾圧の対象になっているのは、何も魔法だけではないらしい。

錬金術やら超能力やら、論理的に体系付けられていない超常的な現象は少しでも疑わしければ即座に処罰が加えられている。仕組みが確立している魔法でさえこうなのだから、魔術なんてもってのほかだ。

かつては千年戦争を戦い抜いた二大国家の片割れで、最も魔術の研究に力を入れていた国が、なぜ？

「まぁでも、多分六百年前に何かあったんじゃないかしら？」

「と、言いますと？」

「あら、ドロッセル様ご存じない？　あの頃、帝国は北で北方戦争の最中だったのよ」

「北方戦争？」

そんな戦争があったなんて初めて聞いた。

「そ。当時帝国領の西に過激な宗教国家ができててね、ボレアリス山脈の北で帝国相手に派手にドンパチしてたわけ」

「そんなことが……」

「まぁ、その頃はうちの国も内部でいろいろごたついてたから、情報はあんまり出回ってないんだけどね」

六百年前というと、王国内でもちょうどベバル朝からアレスター朝への移行の真っただ中で、よその情勢に気を割けるほどの余裕はなかったらしい。

「結局戦争に勝ったのは帝国のほうだったんだけど、終戦後に急に改名するって言い出してね。過去を清算して新しいスタート、ってことらしかったんだけど、千年来の大国が何の過去を清算するってのよ」

「確かに……」

「まぁ、資料もどこまで正確なものかわからないんだけどね」

そう言って話をいったん締めくくったが、ふと思い出したようにバウリオがレティシエルに声をかけてきた。

「あ、そうだわ、ドロッセル様」

「はい、なんでしょう？」

「……あの子は元気かしら？」

「……？　あの子？」

どの子……？

「あらごめんなさい、ツバルのことよ。あの子、ドロッセル様の研究室にいらっしゃるでしょう？」

「ツバル様ですか？　とても元気にしていますよ。研究に打ち込んでるときや、私と話すときもいつも楽しそうで……どうしてですか？」

思わずレティシエルは疑問を口にしていた。

ツバルとバウリオの間に、何か関係性があるようにはレティシエルには思えなかったのである。

それに気になるのなら、学園でツバル本人に直接聞けばいいだろうに、わざわざレティシエルに聞くことでもないでしょうに。

「……ん～」

聞かれたバウリオは、事情を説明することに迷っているのか、あごに手を当てたままじっと考え込んでいた。もしかして何か隠さなければいけない関係性が、二人の間にあるのだろうか？

「あの、無理に話していただかなくても……」

「いいわ、どうせずっと隠しておくことでもないでしょうし。あ、でもあの子には何も言わないであげてちょうだい。変に気をもませたくはないから」

最後にそう念を押してから、バウリオはとつとつと話し出した。

「ツバル……あの子はね、あたしの弟なのよ」

「……え？」

「と言っても、あの子のほうはわかってないわ、あたしが兄だってことは。あの子は『兄』を見たこともないんだから」

ツバルが物心つく前に、バウリオはすでにヴィレッジ子爵家を出ていたそうだ。

そういえば以前に何かの話題で、ツバルには兄がいることをさらっとだけど聞いたことがあるような気がする。

「どうして、バウリオ先生は家を出たのですか？」

「養子よ。親戚筋の家が後継ぎが欲しいと、うちに養子縁組を申し出てきたのよ」

なんでも王国の南のほうに領地を持っていた伯爵の家で、ヴィレッジ家の子をぜひにと所望されたらしい。

「ドロッセル様、あの子の手に不思議な痣《あざ》があることは知ってるかしら？」

「ええ、見せてもらったことはあります。鳥が羽を広げて羽ばたいているような形をしていました」

ツバルは確かその紋様を、探究者の一族であることの証《あかし》であると言っていた。

「あれね、実はあの子しか持っていないのよん」

「え？」

「正確にはうちの家族の中では、あの子しか持っていなかったわ」

「じゃああれは、一族の証ではないのですか？」

「それは本当よ。でもあの紋様はあの子しか持っていないから、みんな持ってると嘘を教えたの。そうすればあの子は特別じゃなくなる」

と言っても教えたのはあたしじゃなくて両親だけどね～、とそう付け足してバウリオは微笑《ほほえ》んだ。少し影を帯びた笑みだった。

「……親戚の伯爵家はね、ヴィレッジ家の子どもをご所望だったわ。でもあたしも両親もわかってた、あの家はツバルを欲しがっていたの」

「……紋様が、原因なのですか？」

「そう。伯爵家はね、探究者の一族をやたら妄信していたわ。自分たちが精霊の末裔《まつえい》だって、本気で信じてた」

そういう人間の真理は、レティシエルにも少なからず理解できるところがある。

戦乱の世であった千年前では、救いを求めて輪廻《りんね》転生を謳《うた》う新興宗教に縋《すが》る者は多かった。フリードは金に固執し、クリスタは『ドロッセル』に執着し、フィリアレギス家は名声に縋った。人はみな、何かに縋って生きている。

もしかしたら、レティシエルの魔術に対する飽くなき探究心も、ある種の妄信なのかもしれない。かつて王女だったことによる責務と、死なせてしまった先生が残した研究への罪悪感と自責……。

（……集中）

脱線する思考を、小さく頭を振って引き戻す。一瞬だけバウリオが不思議そうにレティシエルを見てきた。

最近はふとした瞬間にこういうことを考えることが増えたような気がする。サラとの再会と追想は、思っているよりずっとレティシエルの心に影響を与えているらしい。

「だけど自分たちの家には、一族の象徴を持つ者はいなかった。だから跡取りがいたにもかかわらず、うちから取った養子を当主につけようとしてたわ」

「だから、バウリオ先生が代わりに？」

「そういうこと。だってそうやって当主に祭り上げても、それは決して幸せなことじゃないわ。向こうも『ヴィレッジ家の子ども』としか言わなかったんだから、すっとぼけたっていいじゃない」

あっけらかんと言い切るバウリオに、レティシエルは少なからず感心していた。相手の意図を理解してなお、あえて白を切ることは勇気が必要だ。

「それ、伯爵家は諦めたのですか？」

「いぃえ、そりゃもうあからさまにガッカリして怒っていたわ。目の上のたん瘤《こぶ》どころじゃなかったんじゃないかしら？　あの頃のあたしってば」

「別の方法でツバル様を狙ったりはしてこなかったのですか？」

「と・こ・ろ・が、そのへんはあたしたちのほうが一枚上手だったのよん。ツバルのことを伏せたまま伯爵家に全ての契約を呑《の》ませて、ツバルを連れて雲隠れしてやったの」

「……伯爵家は結局、結んだ契約を破棄することもできず、そのままバウリオ先生を養子に迎えざるを得なくなったと？」

「そっ。自分で言うのも何だけど、ヴィレッジ家は影が薄い一族なのよ。隠れて息をひそめるのは十八番なのよ」

絶対嘘《うそ》だと思う一方、そうかもしれないとも思う。

実際ツバルは確かに存在感は薄いほうだけど、その影が薄い一族からどうやってバウリオのような濃い人が生まれてきたのだろう……。

「そのうちに、家がなくなったあの事故が起きてあたしは自由になったけど、結局無駄に養子に入っただけだったのよねぇ。まっ、あんな家の当主なんて頼まれたってついてなんかやらないんだから」

「……」

「もしかして、びっくりしちゃった？」

「それはまぁ……。でも、あまり似てないんですね」

「うふふ、よく言われたわ〜。父と母にそれぞれ似ただけだけど！」

茶目っ気たっぷりにバウリオはこちらにウインクしてみせた。よくよく見てみれば意外と若いのかもしれない。

「……バウリオ先生」

「なぁに？」

「結局探究者の一族って、なんなんですか？」

「ん～、さあね。あたしもよくわかんないわ。でも少なくとも精霊の末裔なんてのは嘘だと思ってるわ。だってあたしもツバルも、何の変哲もないただの人間だもの」

「そうですか……」

その口調から彼が精霊を信じていないことが感じ取れて、なんとなく複雑な気持ちになってしまった。

「でも、何かある一族なんじゃないかしら？　じゃなかったら一家断絶なんてさせられないと思うし」

「断絶……させられた？」

「あら、違うの？　伯爵家の資料にはそう記録されていたわよ？」

ヴィレッジ家が六百年前に本家が断絶し、今の子爵家は分家が相続して続いてきた家だとは聞いていた。

しかし断絶させ
られたという言い分では、やはりヴィレッジ家はその存在を邪魔に思う誰かによって消されたということだろうか。

「その資料には、何が書いてあったんですか？」

「んーと、確か……王の秘密に触れたことによって消された一族、とかなんとか書いてあったわねぇ」

ヴィレッジ家の本家が断絶したのは、確か六百年ほど前の話。そのときの王というと……盲目王？

（盲目王の……秘密？）

今の王家まで続くアレスター王朝の始祖であり、第二の建国王とも称される盲目王。

しかし民に強い人気を誇る盲目王に、何の秘密があったのだろう。知った人間を一家断絶させるほどだとしたら、相当なものだ。

一瞬脳裏に、一冊の本の表紙が浮かんだ。かつてニルヴァーン王立図書館の秘書庫で見つけた、大部分のページが塗りつぶされた古い本。

『ずっと　お前を　待っていた』という赤い文字が書きなぐられていた、謎の本。あの本には呪術などの力に通じていそうな情報が書きかけられていた。

本の老朽具合から考えて、少なくとも作られて数百年以上は経過している。もしそれの作者が当時のヴィレッジ家の人間で、それをとがめられたのなら……。

（……いや、さすがに証拠がないか）

それに気づいてレティシエルはいったん思考を中止する。

あの本の元の所有者も、ヴィレッジ家断絶の理由も、今の状態では情報が少なすぎて何もわからない。

盲目王の秘密、というのもどこまで信憑《しんぴょう》性《せい》があるか定かではないし、もっと情報を集めてから再検討したほうがいいだろう。

「さてと、話せる情報は大体話したけど、どうかしら？」

「いろいろ話してくださって、ありがとうございます。お代はどうしたら……」

「あら、お代なんて気にしないでちょうだい。あたし、今日はサービスしちゃうわ」

「え？　ですが、そういうわけにも……」

「いいのいいの。今日はドロッセル様は初めてだし、初回特別サービスよ」

「はぁ……」

代金はいらないの一点張りに、レティシエルのほうが折れるほかなくなってしまう。もし次にここを利用するときがあれば、そのときはちゃんと等価交換の原則を果たそうと心に決めた。

「ありがとね、バウちゃん。さすが良い腕してる」

「あらいやだわ！　エディちゃんったら、そんなに褒めても何も出ないわよ！」

口ではそんなことを言いつつ、ニヤニヤしているバウリオを見る限り、褒められてまんざらでもなさそうである。

「バウリオ先生、今日はありがとうございました」

「いいのよ。役に立ったのなら、あたしも嬉《うれ》しいからね～」

「今度来るときは何か差し入れでも持ってくるよ。バウちゃん、何が良い？」

「あら、エディちゃんったらそれをあたしに聞いちゃうの？　すんごい高いもの要求しちゃうわよ?」

「んー、俺でも買えるくらいのものにしてくれよな」

「嘘よ、市販のクッキーとかでいいわ。ほら、中央通り角のスイーツ屋のクッキー」

「オッケー」

まだ若干残っていたオレンジジュースを飲み干し、グラスを返却してレティシエルはエーデルハルトと一緒にドアに向かう。

「またいつでもおいでね~」

カウンターで頬杖《ほおづえ》をつき、ひらひらと手ぬぐいを振りながら、バウリオはレティシエルたちを送り出してくれた。

「……しかし驚きました。まさかエーデル様の協力者がバウリオ先生だったなんて」

来た道を通って元の大通りまで戻る道中、レティシエルは歩きながらポツリとそんなことを呟《つぶや》いた。

「バウちゃん、副業を公にはしてないから着くまでは言えなくてな。びっくりした?」

「ええ。世間は狭いなと」

「それは言えてる」

小さく声を立てて笑ったが、エーデルハルトはすぐ真面目な表情に戻った。

「……ドロシーはどう思った?」

「イーリス帝国のことだ」

「どう、とは？」

その質問にレティシエルは少し返答に困った。

確かにバウリオのところで聞いた情報は、市井には出回っていないものばかりだったが、それだけで判断がくだせるほど、大陸最大の国は簡単ではないはずだ。

「どう、と言われましても、戦うこととなれば強敵になるだろうことしか。情報を聞いただけでは詳しいことはわかりません」

「……そうだな」

答えを期待していたわけではなかったのか、エーデルハルトはけろっと肩をすくめた。

それからしばらく、二人の間に会話はなかった。

「それじゃあ、また学園で」

「ええ」

やがて大通りまでやってくると、レティシエルはエーデルハルトと別れた。彼の姿が見えなくなると、自分も屋敷へと帰る。

「……あ、おかえりなさい、お嬢様！」

屋敷に帰り着くと、エプロン姿のニコルが笑顔で出迎えてくれた。どうやら夕飯の準備をしている最中らしい。

「ただいま、ニコル。邪魔をしてしまったわね」

「いえ、とんでもないです！　ちょうどお湯を沸かしている最中ですから」

「……それは、ますます離れたら危ないのでは……？」

「あ！　そ、そうですよね！」

指摘されてハッと我に返り、ニコルはまた慌ただしく厨房《ちゅうぼう》に戻っていった。その様子をレティシエルは微笑《ほほえ》ましく見送る。

「あ、お戻りになられていたのですね、お嬢様」

一階廊下につながるドアが開き、ニコルと入れ違うようにルヴィクがエントランスに入ってきた。

「今戻ったばかりよ。何か変わったことはあった？」

「変わったことはなかったのですが……」

「？」

「実はつい先ほど、お嬢様宛に封筒が届きまして」

「封筒？」

「これなのですが……」

そう言ってルヴィクが取り出したのは、真っ白で何も書かれていない封筒だった。街などでも普通に見かける、一般的な大きさの封筒だ。

「差出人はわかる？」

「届けてきたのは……その、変な動物だったのですが」

「変な動物？」

「白くて、体はそれなりに長く……フェレットのような……」

……キュウのことかしら？　レティシエルのことを知っているフェレットなんて、あの守護霊獣しか思いつかない。

（そうなると、これは精霊からの……？）

そう言われてもう一度封筒をよく探知してみると、光と無属性のわずかな残存魔素が感じ取れた。

「ありがとう、ルヴィク。これは私が預かるわ」

「大丈夫なのでしょうか……？」

「危険なものではないと思う。軽すぎるもの。それに魔法的な気配も感じられないし」

「そうですか？　でも、お気をつけくださいね」

「ええ」

ルヴィクと別れてレティシエルは自室に戻った。窓辺のソファに座り、受け取った封筒を開封する。

中から出てきたのは、小さくたたまれた紙の包みと二つに折られた一枚の便箋だった。

紙包みのほうは置いておき、先に便箋のほうを開く。

『痕跡から察せるだろうから詳しくは書かない。同封したものは時が来るまで手元で育んでほしい』

やっぱり差出人は精霊だと思われる。これだけだと意味がわからないので、レティシエルは同封されていた紙包みを開けた。

「……種？」

中から出てきたのは、麦の粒よりも小さい黒い種のようなものだった。これが、時が来るまで育ててほしいもの？

「……」

しばらく謎の種を見つめ、レティシエルは立ちあがった。植物を育てたことなんてないから、専門家に聞いてみなければ。

一階に降りて庭園に出る。冬を終えて春になって間もない庭園は、まだ草花の姿が少なく閑散としている。

「クラウド、まだいるかしら？」

「ん？　はい、ここです」

庭園に向かって声をかけると、返事とともに二つ先の生け垣の向こうからクラウドの頭が生えた。

「どうしました？」

手に持っていた剪定《せんてい》バサミを置いて、手や顔についた泥を手ぬぐいで拭いてからクラウドはこちらにやってきた。

「植物の育て方について聞きたくて」

「植物？　園芸にでも挑戦されるのですか？」

「そのつもりはないけど、知人から植物の種が送られてきたの。だからそれを育てようかなと思って」

「なるほど。それでしたら鉢植えとか道具一式あれば難しくありませんよ」

クラウドは一度園芸用品が保管してある小屋に引き返し、必要な道具を持って戻ってくるとレティシエルに手順を説明してくれた。確かに、聞いた感じだとレティシエルにもできそうな簡単な作業のようだった。

道具と鉢植え、それから土をクラウドに分けてもらい、レティシエルはそれらを持って部屋に戻る。そして言われた手順通りに鉢植えの準備をする。

「これで、こうして……できた、かな？」

最後に土の表面をならせば完了だ。水を汲《く》んだじょうろで水やりをし、レティシエルは鉢を窓辺のテーブルの上に置いた。

この種が何で、どんな効果をもたらすのかはさっぱりわからない。

だけど精霊がレティシエルにこれを預けたことには意味があるはず。この種が芽吹くまでしばらく様子を見ていよう。

＊＊＊

中等生になろうと、学園でレティシエルのやることは相変わらずで去年と変わらない。

去年ルーカスからの要請で始めた研究……自分がやりたかったのもあるが、魔術の研究も進み、研究室の資料はかなり充実してきている。

「……」

研究室一階のホールのソファーで、レティシエルは開いた書物を膝に置いた状態で、壁際の本棚で資料を探しているツバルを見ていた。

先日バウリオがなんでもないように教えてくれたことを思い出す。ツバルとバウリオが兄弟……にわかには信じられない。

「……あの、僕の顔に何かついてます？」

「いえ、なんでもないの。気にしないでください」

背中越しでも何か感じたのか、戸惑っているような困っているような顔でツバルがソロソロと振り向く。さすがにじっと見すぎてしまったらしい。

レティシエルはツバルから目をそらし、手元の書物に視線を戻した。しかし目をそらしても、先日バウリオから聞いた話はずっと脳内にこびりついている。

（……バウリオ先生とツバル様が兄弟、か）

加えて探究者の一族についての話もある。紋様のことはさておき、あのときの話を聞く限り、探究者の一族とはどんな意味を持つ一族だったのかかえってわからなくなる。例の伯爵家とやらは、いったい一族に何を求めていたのか。

「ねえ、ツバル様」

しばらく悩んだが、レティシエルはツバルに聞いてみようと声をかけた。兄弟関係のことを話さなければ問題ないだろう。

「なんですか？」

「ツバル様の親戚に、伯爵の身分を持つ家ってあるのですか？」

「え、親戚の、伯爵家ですか？　うーん……いたかな？」

レティシエルの質問に天井のほうに視線を向け、ツバルはぼーっとしながら脳裏の情報をたどる。

「……あ、昔は確か一つあった気がします。南のほうに領地を持っていたと思います」

「過去形？」

「は、はい。今はもう没落していると聞きました。十三年前の事件のときに……」

「十三年前の事件……」

「ドロッセル様もご存知だと思います。カランフォードの爆発事故です」

「！」

白の結社絡みで、よく名前を聞く事件だ。ヴェロニカが幼少期に巻き込まれた、カランフォードを不毛の街へと変えた原因。

「カランフォードの街一帯が、その伯爵家の領地だったんです。そのときの事故で伯爵家の人たちも行方知れずになったとか」

「なるほど、そうだったんですね……」

「でも、本当のところはバチが当たったんだって言う人もいたんです」

「そうなのですか？」

「はい。例の伯爵家は精霊の存在に心酔して、危ないこととかもいろいろやっていたともっぱらの噂《うわさ》で……結構知られてる話だったと思います」

「……」

ふと、バウリオが言っていた『家と家族をなくした事故』のことを思い出した。あれはもしかしてカランフォードの爆発事故のことではないだろうか。

そして彼が事故でなくした家と家族は、養子として入った先の家だ。ツバル絡みで確執がある家なら、なくなってもあっけらかんとしているのは納得できる。

コンコン。

ふと研究室入り口のドアをノックする音が聞こえた。どちら様ですか、と問いかけると、俺だ、と返ってきた。学園長の声だ。

「どうしたんですか、学園長？」

ドアを開けてルーカスを迎え入れながら、レティシエルは疑問を呈した。

魔術の研究経過や資料などは定期的にルーカスに提出ないし報告しているので、ルーカスが自らここにやってくることはあまりないのだが。

「ちょっとお前に用があったんだが……なんだ？　もしかして邪魔したか？」

「いえ、大丈夫ですよ。ちょうど話が一段落したところですから」

レティシエルとツバルの様子を見やるルーカスに、なんでもないことと伝える。

「それより、学園長の用事ってなんなんですか？」

「あぁ、そうだ。俺の義手のことは前に話したよな？　それについてだ」

「……」

「やらんぞ」

もしかして義手の分解を認めてくれたのかとほんの少しだけ思ったが、やっぱり無理みたいだ。

「取りませんよ、安心してください。それで、義手がどうしました？」

「お前にいろいろ聞かれてから、俺もコレのことが気になってな。壊さない範囲で俺なりに調べてみたんだ」

ルーカスが自身の左手の手袋を外し、袖をまくり上げれば下から鈍色《にびいろ》に光る機械の腕が現れた。

何度か見たことはあるが、間近で観察したのは初めてかもしれない。継《つ》ぎ接《は》ぎのような無数のパーツによって構成された義手は、それらの隙間をよく観察してみれば半透明の管が奥に走っているのが見える。

おそらく義手を動かす動力を伝えるものだろう。今も動力が流れているようで、管はほんのりと水色に光っていた。

「全部の仕組みとかがわかったわけではないが、わかる範囲で情報は共有しておくべきだろうと思ってな」

「そうですね、何かの役に立つかもしれませんし」

レティシエルがその意見に同意すると、ルーカスはポケットから小さな黒革の手帳を取り出した。どうやら得られた情報はそこにまとめてあるようだ。

「まず、こいつはどうも俺の魔力を動力にして動いてるらしいんだ」

「魔力、ですか？」

「ああ。義手の奥に水色に光ってるものが見えるだろ？　分析にかけた結果、これは抽出された魔力の光だとわかったんだ」

パーツの隙間に顔を近づけ、よくよく目を凝らしてみると、確かに奥のほうにぼんやりと光るものが見える。そしてその光は若干流動している。

「これは、勝手に魔力を吸い上げているのですか？」

「どうもそうらしい。あと普通にしてるぶんには魔力もそんなに使わないが、戦闘になると出力が自動で上がるらしい」

「試したのですか？」

「ああ。しかも戦闘時だけじゃなく、左手で魔法を使うときとか魔法を受け止めるときとかも同じだ」

「こんな仕組み、見たことないですね……」

横で一緒に話を聞いているツバルが感嘆の声を上げていた。確かに前世でも今世でも見たことがない。

ルーカスの体験談を聞いても、この義手をつけるようになってから魔力の制御がやや不安定になったという。おそらく義手の仕組みが原因だろうが、その代わり戦闘での魔法の攻守は非常にやりやすくなったらしい。

「でも学園長、よくその仕組みがわかりましたね」

「妻が調査を手伝ってくれたんだよ。こういう仕組みとか難しい話は、俺よりあいつのほうが詳しいからな」

ツバルの疑問に、ルーカスはサラッとそう答えた。

声には出さなかったが、ルーカスに奥方がいることにレティシエルはちょっと驚いた。今までプライベートのことは、何気に話したことなかったなと気づく。

なんでも奥方は軍の後方支援部でバリバリに働いているらしく、治療や薬学研究の腕は部内随一だとか。どんな人なのか、いつか会ってみたい。

「あとこいつの表面はどうやら魔法式を弾《はじ》くらしい」

「そうなんですか？」

「ああ。素材の金属が特殊なのか、それとも加工法が特殊なのか。仕組みは俺にはよくわからないが」

言われてみれば、去年の課外活動で敵と戦っていたとき、敵が放った魔法をルーカスは義手でそのまま受け止め、さらに義手を通して魔法も放っている。

そのとき魔法を受けたにもかかわらず、ルーカスの義手は傷一つつかなかった。義手の素材が魔法に干渉するものである可能性は高い。

（……でも、魔力を使ってるのに魔法を弾くって、どういうこと？）

先ほど義手の動力は、自動的に保持者から汲み上げた魔力だとルーカスは言っていた。そして魔法は魔力を使う力だ。

その二つの要素は相反するものではないはずだ。いったいルーカスの義手には何の技術が使われているのか……。

「でもこれ、質感は銀に似ていますね」

「銀、ですか？」

「はい。とは言っても普通の銀ならこんなに黒くならないはずだから、純粋な銀ではなさそうですけど……どこかで見たような……」

ブツブツ呟《つぶや》きながら、ツバルはあごに手を当てて眉間にシワを寄せながら本棚のほうに歩いていった。

なんだとそれを見送っていたレティシエルだが、多分ツバルにも思うところがあったのだろうし、そっとしておくことにした。

「学園長、この義手を置いていったのは、確か一晩の宿を貸した旅の男だと言っていましたよね？」

「ああ、そうだ」

「その男についての情報は、相変わらず？」

「……すまんな、何せ名前も出自も聞いてないからな」

ルーカスはそう言って乱暴に自分の髪を掻《か》き上げた。本人も例の旅人の情報が得られず複雑なのだろう。

「ただ妻はその男に一曲演奏を聴かせてもらったらしい」

「曲？」

「ああ。使用人も何人か聴いたと言ってたな。竪琴《たてごと》を持ち歩いていると、男本人が話していたらしい」

「……」

曲の演奏、そして持ち歩いている竪琴、旅の男。脳内に吟遊詩人という職業が浮かんだ。吟遊詩人なら、これらの特徴は全て当てはまっている。

（……また、彼なの？）

謎に満ちた吟遊詩人、ドゥーニクス。

「……あ！」

そのとき突然、本棚のほうから声が上がった。見てみると本を開いている最中のツバルが、あるページを凝視している。

「ツバル様？　何か見つけたのですか？」

「はい！　これを見てください！」

少し興奮気味にツバルはレティシエルの目の前に勢いよく本を突き出してきた。どうやら鉱物の図鑑らしい。

「……シルバーアイアン？」

ツバルが見せてきたページにはそんな名前の金属のことが書かれてあった。

読んでみると帝国の南部でのみ採掘できる貴重な鉱石であり、熱などの伝達速度などはとても優れているので、武器や道具など高級なものの素材になることもあるという。

「シルバーアイアンは光沢がとても独特な希少金属です。学園長の義手に使われているパーツも、その独特な光沢が見受けられたので、もしかしたらと思って」

「そんな金属があるんですね……わざわざ調べてくださってありがとうございます」

「い、いえ！」

「……これそんな希少なもんだったのか」

ぼそりと呟くルーカスの目は若干泳いでいる。多分それを知らずにこれまでかなり無茶な使い方をしていたのではないかと推測される。

（……でも、魔法を弾くこと自体とは何の関係もないわね）

ルーカスの義手の素材がシルバーアイアンだとしても、図鑑の説明を読む限りシルバーアイアン自体に特殊な効能は見当たらない。

（やっぱり何か特殊な加工でも施されているのだろうか……？）

そう思いつつも実物を研究できないので何とも言えない。

今度手に入るチャンスがあれば、そのときはその原理を解明してみたいな、とレティシエルは思った。

二章　不安の影

　ルクレツィア学園の入学式からさらに半月、王国と帝国の同盟が破棄されてとうとう一か月半が経過していた。

　帝国側からは未《いま》だ音沙汰ない。国内の不安は相変わらずだが、あまりに動きがないせいか、帝国が戦争を仕掛けてくることはない、と主張する人も現れるようになったとか。

　でもそれは楽観的すぎると思う。こういう中途半端なタイミングが一番予測しにくく、何が起きてもおかしくない。警戒を緩ませて隙を突いて攻め込むという戦術なんて、千年前では戦術の基礎だった。

「……でも、可能ならばこのまま何事もなく終わってほしいものだわ」

「そう、ですね」

　ここはルクレツィア学園の魔法訓練場、いつもの練習ブースでレティシエルとミランダレットは並んでベンチに腰かけていた。

　二人の視線の先には、一人ブツブツ言いながら剣術の練習をしているヒルメスがいる。今は稽古間の休憩中なのだが、どうも練習意欲が旺盛でもう少し感覚をつかみたいのだと言っていた。

ちなみにヴェロニカは今一時的にブースを離脱している。先ほどミュージアムの職員に呼ばれていったばかりだ。

帝国に動きがないおかげでレティシエルたちの日常も、今はとりあえず平和を保っていられるのは事実。戦争なんてものは起きないに越したことはないのだから。

「中等生の授業はどうですか？」

なんとなくそんなことを聞いてみる。今の時間は午後二時くらいなのだが、どうやらこの日の中等生は午後の授業がないのだという。

「授業は……さすがに、その、初等生のときよりも難しいです。講義のスピードも、違いますし……」

「えっと、それは大変ですね」

「ハイ……ほんと試験も合格ぎりぎりばっかりで……」

話していくにつれ、徐々にミランダレットの肩が下がっていく。うん、これ以上はやめておこう。

ちなみに学年が上がったので去年のクラスのままではなく、クラス替えというものが行われた結果、ミランダレット、ヒルメス、ヴェロニカ、ジーク、ツバルは奇しくも同じクラスになった。

そしてレティシエルだけが仲間外れを喰《く》らったのだが、クラスが違ったところでそもそもレティシエルがクラスに顔を出さないので、正直あまり支障はきたしていない。

「あ、そうだ、ドロッセル様。術式の扱いが少しうまくなったと思うんですよ」

「そうなのですか？」

「はい！　昔は制御するのがもっと苦手だったんですけど、最近はコツがつかめてきたといいますか」

嬉《うれ》しそうに話しているミランダレットに、レティシエルは相槌《あいづち》を打ちながらも曖昧に微笑《ほほえ》むだけにとどめた。

「うへぇ、疲れたー！」

ちょうどヒルメスが練習に一区切りをつけ、レティシエルたちのところに戻ってきた。

「お疲れ様です、ヒルメス様。練習、どうですか？」

「いやぁ、大変っすよ。なんたって、これまで通り剣だけ振ってりゃいいわけじゃないっすから」

練習用の木刀を置き、両手を上に大きく背伸びをしながらヒルメスは言った。疲れたという割には、彼の笑みは実に楽しそうだった。

「うまくできそうですか？」

「うーん、難しいっすね……。術式と剣本体のバランスっていうか、こう……調整がシビアっていうか」

今ヒルメスは、もっぱら剣術に魔術を併用するための訓練に明け暮れている。

剣に魔法を乗せるという技術は、ケルン子爵家という騎士の家系で代々受け継がれているものが前例にある。アーシャの実家だ。

しかしその技術がケルン家の専売特許であることからも、かなり難しいものであることが推察できる。

「ヒルメス様はどうして魔法剣を習得したいのですか?」

「だって、なんかカッコイイじゃないっすか!」

「昔っからリーフはこうなんですよね……ケルン家の当主様の試合を見て以来十年間ずっとですよ」

「それに魔法剣のほうが威力は高いし、使いこなせれば戦いとかでもすっげえ役に立つと思うんすよ」

「でも、そればかりは私もうまく教えられる自信がないわ。何か考えがあるの?」

そもそも魔法を使えないレティシエルには、剣に魔法を乗せるなんて芸当も当然できない。かと言って魔法と魔術では話が違うから、魔術の例で教えるわけにもいかない。

「そこはなんつーか……ノリと勘っす!」

「……」

「な、なんすか。親父《おやじ》がそう言ってたんすよ、ノリと勘で大体どうにかなるって!」

ある意味ヒルメスらしい根性論に思わず呆《あき》れてしまうと、もごもごとそう言い訳をしてきた。

ミランダレットはため息を吐《つ》いている。ヒルメスのこの脳筋っぷりは、もしかしたら父君の影響によるのかもしれない。

「……あ」

「リーフ？　どうしたの？」

「いや、水筒の水が切れたと思って」

「それなら入れてきますよ。ちょうど私のも空っぽですし」

傍らに置いていた自分の水筒をレティシエルは左右に軽く振ってみせた。ピチャンピチャンと少量の水がぶつかって弾《はじ》ける音が小さく聞こえている。

「えぇぇ！　そんな悪いですよ、水くらい私が入れてきますって」

「あら、気にしなくていいですよ。少し動きたい気分なので。ここに来てから私は座りっぱなしでしょう？」

「確かに、そうですけど……じゃあ、お言葉に甘えますね？」

「ええ、どうぞ」

三人分の水筒を持って、レティシエルは借りているブースを出た。

この魔法訓練場のエントランスには、授業中や訓練中に水分補給ができるように給水場が備わっている。

学園の敷地内にある井戸から汲《く》んだ水を訓練場の管理人が定期的に補充しており、放課後にもなれば大体なくなってることが多いが、武術の稽古と違って魔法の稽古は運動を伴わないので、水の消費量は少ない。

レティシエルたちが来たときにはまだ十分水は残っていたし、多分まだ残っているはずだが……。

「やあ、ドロシー」

エントランスに行くと、なぜかそこには先客がいた。レティシエルの姿を見つけ、エーデルハルトはひらひらと手を振ってきた。

「……初等生はこの時間、まだ授業があるのではありませんか？」

少し声色に呆れているような感じがにじみ出てしまったが、レティシエルは自分は悪くないと思う。

だって中等生は確かに授業がないけど、初等生は普通に講義が組まれているはずなのに、なぜこの王子はこんなところでニコニコと授業をサボっているのだろう。

「あるけど、抜け出してきた」

「……私が言うのもなんですが、一国の王子がそんなあっさり授業をサボって良いものなのですか？」

レティシエルが言っても説得力は皆無だろうけど、貴族令嬢……今は平民のサボりと、王子のサボりとでは具合が違ってくるのではないだろうか。

「はは、そればっかりはドロシーに言われたくないな。まぁ、多分大丈夫さ」

「……」

「あ、ちょっと教室に連れ戻すのは勘弁してくれって！」

とりあえずクラスに強制送還したほうが良いかしら、と思っていると全力で拒否された。この王子、どれだけ授業を受けたくないのか。

「だって学園の授業って、正直つまんないだろ？　実技は自分で練習して磨けばいいし、知識は自分で本を読んだほうが早えし」

「まぁ……それに関しては同感ですね」

「だろ？」

それを言われてしまうとレティシエルにも反論できなくなってしまう。

実際レティシエルも、学園の授業がつまらない、その間自分で本を読んで知識を学んだほうが余程効率いい、と授業を放棄した者だから。

「エーデル様は、授業をサボってまでこんなところに何をしに？」

「特に大事な用があるわけではないが、この時間ならここにいるかなと思って」

「……？　用がないのに来たのですか？」

「ひどいな、用がなかったら来ちゃいけないみたいじゃないか」

「そこまでは言ってませんけど」

ただ用もなくフラッと気まぐれでここに来る意味が、ちょっと理解できなかったにすぎない。

「しかしよく私がここにいると思いましたね」

「だってドロシー、魔法同好会で魔術の稽古をつけてるだろ？　図書室じゃないならここしかないと思ってさ」

「知ってたんですか？」

「所属してるメンバーのことも多少は知ってるぞ。ウォルド男爵令嬢、グウェール子爵子息、バレンタイン公爵令嬢、あと先日のジーク殿」

「……エーデル様って、私の周辺情報をどうやって収集しているのですか」

「そこは機密事項だ。けど君の友達を危険に巻き込むようなことはしていない。そこは信じてほしい」

「ええ、わかっていますよ」

レティシエルとてエーデルハルトの人柄を全て把握できているつもりはないが、彼がそういう人質を取るようなことをするタイプではないことは理解している。

「……以前おっしゃっていた護衛の件はどうなったんでしょう？」

サラと対面したあと、改めて協力関係を築いたときにエーデルハルトはミランダレットたちの安全を保障するために警護をつけてくれると言っていた。

「安心してくれ、すでに手配済みだ」

「それは良かったです……」

「しかも、なんと付かず離れずの指示もしてある。護衛の件が彼らにバレるのは本意じゃないだろ？」

「ええ、心遣いありがとうございます」

本来ミランダレットたちは、レティシエルの事情に巻き込まれることなんてなかった。

でもレティシエルが魔術を教えてしまったせいで、魔術の滅亡を企《たくら》むサラの標的になり得る存在となってしまった。

（……このまま、ミラ様たちに魔術を教え続けていいのかな……？）

最近、友人たちを見ていてレティシエルはいつも同じことを考え悩んでいる。

サラがこれからどんな手を使ってくるかは予想もできないが、少なくとも魔術が使えることは必ずしも身を守ることとイコールではなくなっている可能性がある。

このままミランダレットたちが魔術を上達させていけば、むしろサラに命を狙われる事態になるかもしれない。そう考えると魔術の講義は今すぐやめたほうが良いように思える。

それに、レティシエルは彼女たちと仲良くなりすぎている。自覚はあるのだ、彼女たちが自分の弱点となりつつあることを。

魔術を使えることを差し引いて考えても、復讐《ふくしゅう》を誓うサラがレティシエルを苦しめるために彼女たちを利用する可能性も少なくないだろう。そうなった場合、魔法なんかで呪術には対抗できない。

友人たちだけではない、その理屈ならこの国にも危機は迫っているのかもしれない。王国は魔術の力を進んで取り入れようとしている。それを、魔術を憎むサラが見逃すはずはないだろう。

レティシエルは、プラティナ王国に愛着を感じるようになっていた。二度目の人生を授かった国、千年前に何もできずに国と家族を失ったあの絶望を、繰り返したくはない。

(……私は、どうしたら……)

「ドロシー……？　どうかしたか？」

「あ、いえ、なんでもないです。気にしないでください」

エーデルハルトが少し心配そうにレティシエルを見ていた。首を横に振り、レティシエルはすぐ笑みを顔に浮かべてみせる。

「そういえばエーデル様」

「ん？」

「エーデル様は確か、ご実家の縁で錬金術にお詳しいのですよね？」

前にエーデルハルトが、確か自分の母方の実家が代々錬金術の研究をしている家だと言っていたのを、ふとレティシエルは思い出して話題転換を図った。

「そうだけど、また急だね。君には使えない能力だと思うが？」

「ええ、魔力がない私には無理に決まっていますよ。私ではなくて、私が錬金術を教えたい方がいるのです」

急に話題を振ったせいか、エーデルハルトは若干警戒をしているようだった。ただレティシエルも別に好奇心だけで錬金術について知りたいわけではない。

一大騒動が起きた去年の課外活動で、巻き込まれた途中にヴェロニカが不思議な体験をしている。

彼女はかつてカランフォードで起きた爆発事故を経験して以来魔力飽和症を発病している。元から魔力値が高かったらしいが、病の影響で有り余る魔力を魔法として外に放出することもできないでいた。

そんな彼女が、あのときの課外活動で恐怖を紛らわせるのに口ずさんだ子守唄がある。

亡き母が歌っていた子守唄だと、ヴェロニカは言っていた。

それを口ずさんでいると次第に体が軽くなっていき、ほんの一瞬だけど魔術のようなものまで使うことができた。高い魔力値とは決して相容《あいい》れないはずの魔術を。

（……まぁ、あの子守唄の楽譜がドゥーニクスの詩の中に残されていたことも、多分何か

関係してるのだろうけど）

ともかく例の子守唄を歌っている間だけ、ヴェロニカは魔力を体の外に放出することができるのだと考えられる。それで体内の魔力値が一時的に下がり、魔術を行使することができたのだとレティシエルは推測していた。

魔法の行使とは別の方法で魔力を外に出せると思われるこの方法は、魔力単体を抽出して魔素と融合させる錬金術にはもってこいだろう。

それにヴェロニカは魔力過多が原因で体調を崩すことも珍しくない。錬金術を会得して定期的に魔力を放出することができれば、彼女の負担も少しは軽くなるはずである。

「へぇ、使いこなせそうな人がいるのか？」

「魔力飽和症の持ち主ですけど、だからこそ魔力を外部に抽出する錬金術との相性は良いはずでは？」

「あぁ……なるほどね。それは確かにぴったりかもしれないな」

名前は教えていないが、調査を通じてヴェロニカの情報もエーデルハルトは知っているのだろう。

もっとも、ヴェロニカは妾《めかけ》の子とはいえ公爵令嬢だし、身分的なつながりで昔から知っているのかもしれないけど。

「わかった、俺のほうで使えそうな教本は見繕っとくから、今度渡すよ」

「ありがとうございます、エーデル様」

「礼はいらねえって。魔力飽和症の患者に錬金術を使わせたことはないから、うまくいくかは何とも言えないが、健闘を祈るぜ」

「ええ、そうさせていただきます」

その後、なんとエーデルハルトはレティシエルたちの練習を見たいと言い出した。本当はこっそりうかがうだけのつもりだったらしいが、気が変わったのだという。

断り切れなくて根負けしたレティシエルが彼をブースまで連れていくと、今度は唐突に現れた第三王子を見てミランダレットたちが飛び上がってしまい、逆に練習どころではなくなってしまった。

しばらくブース内は微妙に気まずい空気が漂っていたが、それは時間とともに霧散していった。

「それで気になって近づいてみたらさ、こんなでかい猫が丸まってたんだよ。なんだと思ったよホントに」

「え、それ本当なんですか！」

「ほんとほんと、なんなら今度実物持ってこようか？　あ、ここって別に動物禁制じゃないよな？」

「それは大丈夫だと思いますけど、いいんですか？」

「当たり前だろ。あいつ、あんなでかい体の割にめっちゃ人懐っこいんだぜ」

「俺、動物大好きっす！」

何しろエーデルハルトのコミュニケーション能力は、レティシエルも呆然《ぼうぜん》としてしまうほど高いのだ。

ほぼ初対面にもかかわらず、気づいたときにはミランダレットとヒルメスも、すっかりエーデルハルトと打ち解けていた。この人がそういう人だってすっかり忘れていた。

（さすが王族は違う、ということなのかな？）

でもその理屈だとレティシエルも高いコミュニケーション能力を持ち合わせていないといけないが……到底無理そうだ。

「あ、ドロッセル様、遅くなりました」

三人の様子を見守っていると、ブースのドアを開けてヴェロニカがひょっこりと顔をのぞかせた。

「こんにちは、ヴェロニカ様。お手伝いは終わりました？」

「はい、おかげさまで」

コクリとヴェロニカは頷《うなず》く。ミュージアムの在庫整理の手伝いをしていたため、一人来るのが遅くなったのだ。

少し前に、ギルムを始めとした一部のミュージアム職員が怪我《けが》や死亡などで退職しているため、最近は生徒たちに雑用を手伝ってもらうケースが増えていると聞く。

「……ねえ、ヴェロニカ様」

「は、はい、なんでしょう？」

「……」

一瞬言葉を見失って黙ってしまう。先ほどエーデルハルトから聞いたことに、レティシエルはまだ悩んでいた。

ミランダレットたちに魔術を教えることと同様に、ヴェロニカに錬金術を教えることも、彼女の身を危険にさらしてしまうことにならないだろうか。

「……もし、魔力飽和症を改善できるとしたら、ヴェロニカ様はどうしたいですか？」

「え……それは、それはもちろんそうしたいです！　治るのですか？」

しかし黙っていても何も始まりはしない。だからヴェロニカの意思を直接聞くことにしたのだが、ヴェロニカは即答した。

「治るわけではないんです。良くなるかもしれない、くらいですし、逆にヴェロニカ様を危険に巻き込んでしまうかもしれない」

「それでもいいです。もう治らない病気だと、思い続けてきましたけど、少しでも可能性があるなら、試したいです」

フルフルとヴェロニカは首を縦に振ってそう言った。

「それに、その……今更ですよ。課外活動のときも今も、もう巻き込まれています。強くなるためにも、この病気は克服したいのです。もう、足手まといは嫌ですから」

「……そう、ですか」

迷いなく言い切るヴェロニカに、ミランダレットたちの姿が一緒に脳裏をよぎった。同じことを聞いたら、きっとあの二人も同じことを答えただろう。やっぱり彼女たちは、レティシエルが案じているほど弱い心の持ち主ではないようだ。

「変なことを言ってしまってごめんなさい。それなら今度、関連資料とかを改めてお渡ししますね」

「はい！　お待ちしてます」

満面の笑みで頷くヴェロニカに、レティシエルも微笑《ほほえ》んだ。自分の友人たちのことを、もっと信じてみようと思った。

＊＊＊

次の日、レティシエルは朝から大図書室を訪れた。学年が変わったところで、ここ一年で培われてきた習慣は変わらない。

朝の大図書室は相変わらず静かだった。朝日が差し込む窓辺の席で、ぼんやりと外を眺めている見知った顔があった。

「おはよう、ジーク」

声をかけると、ジークはハッと我に返ってレティシエルのほうを見た。声をかけるまでジークがこちらに気づかないなんて珍しい。

「ぼーっとしてるみたいだけど、どうかしたの？」

「え？　あ、いえ、なんでもないですよ。おはようございます」

フルフルと首を横に振り、ジークはそう言って挨拶を返してきた。朝日に照らされた彼の顔が、いつもより少し陰って見えるのは気のせいだろうか。

「……今日もデイヴィッドさん、いらっしゃらないの？」

「そう、みたいですね。私が来たときから、カウンターには誰も……」

視線を横に動かせば、無人の司書カウンターが目に入る。

最近、デイヴィッドはほとんど大図書室に姿を見せていなかった。何かあったのかと心配になるが、こちらから消息を知るすべはない。

何せデイヴィッドは学園内の寮で暮らしているわけではなく、かと言って家がどこなのかもわからないのだ。先日ルーカスにも聞いてみたのだが、彼もデイヴィッドの連日の欠勤理由を知らなかった。

「もしかして体調を崩されているのかしら？　あるいは何か長引くような用事が急にでき

たのか……」

「そうですね……」

「デイヴィッドさんのこと、何かご存じ？」

「特に何も。いきなり、いなくなってしまったので……」

「……？」

会話をしていて、レティシエルは違和感を覚えた。

ジークがあまりにも上の空だったからだ。こちらの声は届いているだろうし、返事もしてくれているが、それは相槌《あいづち》を打っているだけだとすぐわかる。

「ジーク、やっぱり何かあった？」

「……え？」

「なんというか、いつものあなたらしくない気がするわ」

どこがどうらしくないのかと聞かれると、少し返答に詰まる。その結果なんだかとても曖昧な答えになってしまった。

普段のジークだったら、そもそも大図書室に来て何もせずぼーっとしていること自体あり得ない。彼は勉強熱心で、どんなときも必ず傍らには様々な学術書が積まれていたのをよく覚えている。

「……はは、わかっちゃうものなんですね」

「間違っていたら、ごめんなさいだけど」

「いえ、間違っていませんよ」

静かに首を横に振り、ジークは制服のポケットから一枚の紙を取り出した。いや、紙ではない、封筒だ。

それをジークはレティシエルに差し出した。見た感じ何も書かれていない真っ白な封筒で、この封筒そのものから読み取れるものはない。

「これは？」

「手紙ですよ。多分、私宛の」

「……それを、私が読んで問題ないの？」

「ええ、むしろドロッセル様にも読んでほしいのです」

レティシエルにまで読んでほしいなんて、いったいどんな内容の手紙がジークのところにわざわざ届いたんだろう。

「誰がこんなものを？」

「わかりません。ゆうべ、寮の食堂に行っていた間に、部屋のテーブルの上に置いてあったんです」

「ジークの留守を狙って？」

「ええ、おそらく。三十分にもならないくらいの時間だったんですが……」

管理人さんに聞いてみたところ、その時間は食料庫の点検で怪しい者がいたかも確認できなかったらしい。

でもわずか三十分の間に手紙を置いていけたということは、まっすぐジークの部屋に向かったのだろう。

「学生寮暮らしのジークの部屋を知っているとなると、学園の関係者かジークの個人的な知り合いしか思い当たらないのだけど……」

「私もそう思って自分で調べてはみたのですが、これと言ってめぼしい人はいなくて」

「そっか……」

すでに開けられている封筒の中には、綺麗に折りたたまれた紙が入っている。レティシエルはそれを取り出す。枚数を数えてみたところ、全部で三枚あるようだ。

ジークのほうに目を向けてみると、彼はレティシエルに小さく頷いてみせた。それに頷き返し、レティシエルは手紙を開いた。

便箋は何も装飾のないただの白紙で、そこには黒いインクで文章が等間隔に書き連ねられている。

内容としては、パッと読んだ感じでは特に意味があることは書いてなさそうだった。王国東部にあるフロンドスという丘陵地帯に立ち寄ったときの話が書いてある。北ノ森は地元で言われてるほど良くなかったとか、その隣のエメラルド湖のほうが良かったとか。

そして手紙の一番最後には、この手紙を書いた人の名前が書いてある。ローレンス・ヴィオリス、と。

「……この名前」

ヴィオリスはジークの名字である。それと同じ名字を持つこの人は、もしかして……。

「私の父です」

そう言ってジークは微《かす》かに頷いた。その表情に嬉《うれ》しさはなく、どこか不安と疑惑の色をにじませた、とても複雑な表情だった。

「これ、何の話？」

「文字通り旅の感想としか読めないんですが」

「どうして、わざわざ旅の手紙なんて？」

「さぁ？　私にもさっぱりで……」

そう言ってジークも首をひねっている。

ジークの父親についてレティシエルがわかっていることは多くない。ジークが幼かった頃に行方をくらまし、去年の学園祭の時期に白の結社の情報について、唐突にジークに手紙を寄こした。

これだけ長い間姿を消していた人から、なぜ今になって突然連絡が来るのだろうか。しかも全然結社と関係なさそうな旅の話題。

それともレティシエルが知らないところで、何かがもう動き出しているのか。

「……お父様はどんな方だったのか、聞いてもいいかしら？」

思い切ってレティシエルはジークにそう尋ねてみた。正直、ジークの父親の目的はまったく見えない。

どういう人なのかという情報もなく、敵なのか味方なのかも判断できない。でも可能であれば信じたい。だからその人柄を確かめたかった。

「……穏やかで芯が強くて、どこか影がある人だと聞きました」

ジークはしばらく考え込んでから、脳内にあるわずかな思い出をたどるようにゆっくりと話し始めた。

「物心ついたときにはすでに父はいなくなっていたので、私は覚えていることがほとんどないのですが、母は何度か父の話をしてくれたことがありました」

「うん」

ジークと向かい合わせの席の椅子を引いて、レティシエルはそこに腰かけた。ジークは窓の外をぼんやり見つめていた。

「私と父の間に、血のつながりはないそうです」

その一言からジークは少しずつ父親について話し始めた。

彼の両親の出会いは旅の道中だったという。幼いジークを連れ、金銭と食糧が尽きて行き倒れかけていた母を父が助け、旅を共にするうちに惹《ひ》かれあって夫婦になったという。

「今の村に移り住んできたときも、お父様は一緒に？」

「いえ、そのときにはもう父はいなくなっていました。だから村の人も、私に父がいることは知っていても、どんな人なのか知る人はいないと思います」

「そう、なんだ……」

「と言っても、私も物心つく前の記憶はほとんどないので、父のことは何もわからないんですけどね」

父親がどんな人間だったかについて、ジークの母親もあまり語ろうとしなかったらしいが、母が語る父との思い出話からは何となく人柄が見えたという。

口数は多いほうではなかったらしい。しかしジークが悪いことをすれば容赦なく叱っていたらしい。

「厳しいお父様だったのね」

「逆にそのおかげで料理や狩猟、裁縫とか、生きるのに必要な基本技能が身につきましたからね、今となっては感謝しないといけません」

旅の途中でジークが熱を出せば、治療や薬代のために給金が良いからと慣れないサーカスの雑用をしたり、逆に自分が怪我《けが》をした時には母が無理やり宿屋で休ませるまで、迷惑はかけられないとか言って無茶をしたり。

「私には、謎の追手から守ってくれた父の背中しかわからないけど、きっと私と母さんを誰よりも大事にしてくれていたのだと思います」

「……うん、きっとそうだね」

淡々と語っているが、外を眺めながら言葉を選ぶジークの表情は穏やかだった。記憶になくても、父親の存在はジークにとって大きな意味を持つのだろう。

寡黙で時に厳しく時に優しく、家族のことを大事にしていたジークのお父さん。レティシエルだった自分を育ててくれた父王に、少し似ていると感じた。

「……似てるわ」

だから思わずそう口が滑ってしまった。

「似ている、ですか？」

「あ、いえ、なんとなく……知り合いに似ているような気がしただけ」

知り合い、という四文字を喉から絞り出すとき、チクリと胸の奥が痛んだ。

ドロッセルとして生きている今の自分では、もはやあの人のことを父と呼ぶこともできないのだと、今さらながら愕然《がくぜん》とした。

レティシエルとして生きることはできず、ドロッセルにもなり切れない。今の自分は、名前をつけるとしたらいったい何と呼べばいいのだろう。

「大切な方、なのですね」

「……そう見える？」

「はい、少し寂しそうに見えます。もう、会えない方なのですか？」

「……ええ、もう、ずっと昔のことだから」

ずっと大昔、千年も昔に父も母も、ナオも故国に置いて来てしまった。

今ではもう記憶の中でしか会うことはできない。しかしその記憶も、永遠ではないことをレティシエルは身をもって経験している。

（……お父様、どんな顔をしていらっしゃったかな）

最近、千年前の記憶を思い出そうとしたとき、時々もやがかかったように思い起こせないことがある。

そしてふとしたときに言いようのない恐怖を覚える。ドロッセルの記憶を思い出すにつれて記憶の統合でも始まっているのか、レティシエルだった頃の記憶が少しずつ消え始めている。

「……」

レティシエルの表情から何か感じ取ったのか、ジークはそれ以上のことは聞いてこなくなった。

気を遣ってか視線を窓の外に移しているジークの横顔を、レティシエルはぼんやりと眺める。その顔は初対面のときから変わらず、記憶の中のナオとそっくりかぶる。

だからレティシエルは目をそらした。彼にナオを重ねて見てはいけない。ジークにはこの世界で生きてきた人生があって、それを自身の個人的な固執で否定するようなことはレティシエルの矜持《きょうじ》が許さない。

「……これから、どうなるんでしょうか」

「……わからない」

ジークの呟《つぶや》きに、レティシエルは首を横に振る。実際何も答えられなかった。

いろいろな人の思惑、出来事、力、歴史、それらが複雑に絡まりすぎて、もはやこの先の未来がどう転ぶのか想像もつかない。

それは別段イーリス帝国に対しての不安だけではない。プラティナ王国内でも、今回の同盟破棄とは別の深刻な問題が発生しているのだ。

真実はまだ定かではないが、国王オズワルドが体を壊して倒れたという噂《うわさ》を聞いたのは昨日だった。

何か月か前に元気だった彼を見ているレティシエルとしてはにわかに信じられない。いや、あのときもどこかやつれ気味だったような気もする……。

オズワルドがこのタイミングで倒れたことで、プラティナは帝国のことだけでなく自国の問題に対しても向き合わなければならなくなった。

もしも王が崩御するようなことになれば、次に王座を継ぐ者がいなければならない。しかしオズワルドは今に至るまで王太子を一度も正式に指名していないという。

第一王子はすでに候補から外れているとして、それでも候補となる王子は二人いる。劣勢の戦も王位継承争いも極めて面倒で、対応するのに骨が折れる事案だ。それが一挙に押し寄せてきたのだから最悪な事態もいいところである。

（……陛下に、何があったんだろう……）

真偽はまだわからないけど、嫌な予感がする。今は待つことしかできない自分に、少し腹が立った。

「少なくとも水面下で何か大きな出来事が動いているのは間違いないと思う」

「そうですね。父が今になって手紙を寄こしたのも、内容が意味なくても手紙自体に意味はありそうですし」

「他に何か変わったこととかは――……」

バーンッ！

突然大きな破裂音が静かな大図書室に響き渡り、二人の会話は中断された。

一足遅れてそれがドアを勢いよく叩《たた》きつけた音だと気づき、何事かとレティシエルはパッと入り口を振り返る。

入り口に立っていたのはライオネルだった。全力で走ったのか息が上がっているようで、髪や服装も少し乱れていた。

「殿下？　どうなさったんですか？」

明らかに尋常じゃない様相に、レティシエルは一瞬戸惑う。二、三回深呼吸して息を整え、ライオネルはようやくこちらに目を向けた。

「あぁ、こんにちは、ドロッセル嬢。ルーカス殿を探しているのですが、お見かけしませんでしたか？」

「学園長、ですか？」

レティシエルはジークと顔を見合わせた。ジークは首を横に振っている。彼もルーカスのことは見ていないらしい。

「すみません、今日はまだ学園長にお会いしていないので、どこにいらっしゃるかはわからないです」

「そうですか。困りましたね、登城命令が出ているのに……」

ライオネルの口調は本気で困っていた。いつも冷静で穏やかさを崩さないライオネルだが、今日は眉間にシワを寄せ、虚空を睨《にら》む目も鋭い。少々乱暴に髪を掻《か》き上げる動作からも、相当焦っているのがわかる。

「……何かあったのですか、殿下？」

たまらずレティシエルはそう聞いていた。ライオネルがここまで焦るなんて、嫌な予感しかしない。

「……まぁ、どうせ今日のうちに知れ渡ることですね」

少し間を置いてライオネルは詰めていた息を吐いた。若干口調が崩れているのは焦燥がゆえだろうか。

「開戦ですよ。イーリス帝国軍の侵攻が始まった」

「……！」

背後でジークが息を呑《の》む音が聞こえた。

ライオネルの言葉にレティシエルも驚いたが、心のどこかではやっぱり来てしまったか、とやるせない気持ちになっていた。

大陸暦1001年4月、同盟破棄から一か月半続いた膠着《こうちやく》状態は唐突に終わりを迎え、ついにイーリス帝国とプラティナ王国の戦争は始まってしまった。

閑章　白の思惑、王家の波紋

新月の夜は暗い。

明かりも出歩く者もなく閑散とした帝国の街並み。闇にのまれたその景色を、赤レンガの屋根の上から眺めている影があった。

気まぐれに吹く風が白いローブの裾をはためかせ、風にあおられて揺れるフードの中では右目につけられた片眼鏡が鈍く光っている。

「……んー、思ったよりも遅くなっちゃったな～」

片眼鏡の位置を調整しながら、ジャクドーは独り言を呟く。遅くなったという割に、帰路を急ぐ様子はない。

「よっと……」

屋根の上にゴロンと大の字に寝っ転がり、ジャクドーは頭上に広がる紺色の夜空を見上げる。

今日は新月に加えて雲も濃く、空に光っているはずの星々もまったく見当たらない。真に闇の世界だが、夜目は利くから別に困ることはない。

ここはイーリス帝国内にある第三十三地州、そこに属している田舎の小さな街である。

とある用事の帰りに、私用があってこの地域に寄り道したのだ。

もともとはもう少し前に戻るつもりだったが、総督との交渉が思ったよりも長引いてしまった。なので開き直って観光でもしようかと、総督の屋敷がある州都から少し離れたこの街にやってきた。

「……来るんじゃないかと思ってたよ」

空を見上げたまま、いつもの軽い口調でジャクドーはしゃべり出した。彼のすぐ横に、人の気配があった。

「……ジャクドー、こんなところで何をしている」

「やあ、ミルくん」

寝っ転がったままニコニコと食えない笑みを浮かべているジャクドーを、ミルグレインは鋭い目つきで上から見下ろしていた。

黒い手袋をはめた両手を腕組みし、弁明の言葉を無言で待っているミルグレインにジャクドーは挨拶を投げ返した。帰還予定時刻を大幅に超過してしまったから、ダンナが使いを寄こしてくることは想像がついていた。

「……誤魔化すな」

「誤魔化してるわけじゃないんだけどね～」

さらに視線と表情を険しくしていくミルグレインにケラケラと笑い声を上げ、ジャクドーは飄々《ひょうひょう》とした態度を崩さない。

「ちょっと気分転換に街に寄っただけだよ」

「あり得ない。お前が気分転換と口にするときは大抵何か企《たくら》んでいる」

「何も企んでないって。ただ観光でもしようかと思ってね～」

「ならばわざわざこの街に寄るのはおかしい。嘘《うそ》をつくならもっとマシな嘘をつけ」

「疑《うたぐ》り深いなぁ。そこはほら、人間いつ何時も心に余裕を持っていないと」

「そんな暇がどこにある。観光にうつつを抜かす時間があるなら、一刻も早くマスターの悲願を叶《かな》えて差し上げるべきだ」

「……相変わらずクソ真面目だねぇ、ミルくんは」

「何か言ったか？」

「なんでもなーい」

ジャクドーの言葉をミルグレインは全て一刀両断していく。ジャクドーを睨む視線はかなり迫力に満ち溢《あふ》れている。

先天的に赤い目を持つジャクドーとは違って、後天的に呪石を埋め込んで適合することで呪術の力を得たミルグレインの目は赤くない。

「嘘は言ってないよ。ほれほれ、帝都の調査と情報収集の結果報告書」

「……」

「ホント頑張ったんだからね？　作戦に適した場所と範囲もちゃんと割り出したんだから、観光くらい多めに見てよ」

「良いわけあるか。当然の任務だ」

「えぇ～……」

苦手な書類とにらめっこして作った報告書をジャクドーはミルグレインに手渡す。相変わらず険しい顔のまま、ミルグレインはそれに目を通す。

「……これはマスターに提出しておこう」

「ほら、だから言ったじゃん。それに俺の行動は、ダンナの目標にだっていい方向に働くと思うんだけどねぇ」

「それを決めるのはお前ではない、マスターだ」

「怖いね～、ミルくんは。大丈夫だって。ダンナに言われた作業はちゃーんとやってるさ」

「その呼び名はやめろ」

間髪容《い》れずにバッサリ切られた。ミルくんは薄情者だ。オヨヨ。

「それとこれとでは話が別だ。お前がマスターの御心《みこころ》に背くことは十分あり得る」

「え、ひどいな～。そんなつもりはないのに」

「勝手な行動はマスターの悲願を妨げる可能性がある。このことはマスターに報告させてもらう」

「はいはーい、ご自由に～」

「……マスターの邪魔をするのなら、容赦はしない」

ジャクドーの返事にさらに苛立《いらだ》ちを募らせたのか、ミルグレインはフンと鼻を鳴らすと音をたててマントを翻した。

「あ、そうだ。作戦開始のタイミングは俺に考えがあるから、ダンナによろしく言っておいて～」

「……」

最後に付け足した一言にミルグレインは反応せず、そのままゲートを開いて去っていった。まぁ、ミルグレインは真面目だから多分ちゃんと報告してくれるだろう。

その気配が完全にこの場から消えてなくなるまで、ジャクドーは横になったまま一度もミルグレインがいた場所、消えた場所を振り返らなかった。

「……ホント、ミルくんはダンナのことになるとすぐ熱くなるねぇ」

ミルグレインが完全にこの場を立ち去ったことを確認し、ジャクドーはよいしょと反動をつけて起き上がる。

ダンナに拾われて初めて結社に来たときのミルグレインはまだ子どもだったのに、今ではすっかりダンナの忠実なしもべとなっている。

「安心しなよ。ダンナの邪魔をしようとは今は思っていないからさ」

ミルグレインが消えた場所をちらと見つつ、ジャクドーはポツリと呟《つぶや》いた。その声は、もちろん誰にも届かない。

「……今は、ね」

＊＊＊

プラティナ王国の王城ヴィアトリス城は騒然としていた。

無理もないだろう。国王オズワルドが数日前に突然血を吐いて倒れ、以来ベッドに臥《ふ》せってしまっている上に、さらにイーリス帝国の侵攻が重なる。

むしろこれで落ち着いていられる人などいるだろうか、と内心自分でも焦りつつライオネルは王城の廊下を歩いていた。

両手に資料を山のように抱えた官僚たちが、ひっきりなしに様々な部署の執務室の間を駆けずり回っている。

父オズワルドの健康状態が突然悪くなり、床に臥せてしまったのはおよそ一か月ほど前からだった。それに加えて今度は帝国側からの宣戦布告。あちこちから不安の声が聞こえてくるのも仕方ないだろう。

同盟破棄も戦争も、正直に言えばそれ自体はライオネルはそれほど驚いてもいなかった。

焦りはこれらの事件が一同に押し寄せてきてしまった故である。

帝国と王国の力の差が歴然なのはずっと前からわかっていたことだった。劣勢であることは事実だが、焦ったところでその差は縮まらない。焦燥することによってかえって判断を誤ることこそ、最も避けるべきことだ。

それに、帝国へ実際に留学した身としては、帝国内でくすぶっていた反王国勢力の状況をある程度見聞きしていたし、予感も覚悟もあった。遅かれ早かれこうなっただろう。

「……」

やらなければならないことが山積みではあるが、部屋に戻る前にライオネルは城の中庭に寄った。

別に庭園を散策して心を和ませたいわけではない。この場所は官僚たちにとっても良き憩いの場であり、ここに来ると官僚たちの様々な声を聞くことができる。この緊急事態に対策を打つことも重要だが、臣下の心境を迅速に把握することもまた必要だ。

中庭の片隅にはツタで覆われるようになった目立たない四阿《あずまや》がある。中に入って石の椅子に座り、ライオネルはひたすら耳を研ぎ澄ませる。

ここは外側から見てもあまり目立たず、かつ官僚たちが頻繁に使う出入り口に近い。

ちょうど四人組の官僚たちが、ライオネルのいる四阿の近くまでやってきた。

「陛下の容態はまだよくならないのか？」

「ダメらしい。やっぱりあの方は、即位してはいけない災いを呼ぶ王だったんだ」

「肝心なときに何もできないなんて、それでも王たる者か」

下手すれば不敬罪に問われかねないようなことを言っているのに、他の官僚たちはそれを諫《いさ》めもせず、むしろ賛同している者もいる。

父王はライオネルの目から見て良き王であった。上流階級の腐敗を一掃し、国の法制度の確立と見直しに尽力し、様々な研究分野を支援し、戦から民たちを守り、富が庶民にまで行き渡るよう常に心を砕いていた。

「これが呪われた王を戴《いただ》いた我が国の運命なのか……？」

「今はそんなことを言っても仕方ないだろ。お人柄自体は、良い陛下だからさ……」

「それはそうだけど……赤い目だからな……」

それでもこうして切羽詰まる状況に追い込まれると官僚たちが恨み言を吐いてしまうくらいに、父王には負の名声もまた多かった。

ライオネルが生まれたとき、オズワルドはすでに良き統治を敷いていた。だからその即位前の人生はほとんど聞かされてこなかったが、それでも王国や王家の歴史を遡れば、嫌でも情報は入ってくる。

オズワルドは先王の長子であった。本来ならば最も王位に近い存在だが、その禍々《まがまが》しいまでに赤い両目を疎まれ、長らくヴィアトリス城北東にある塔に監禁されていた。

この王国で赤い目の持ち主は災いを呼ぶ者と恐れられ嫌われている。

そうなった理由は定かではないが、実際過去に確認されている赤い目の持ち主は、聖ルクレツィアのように偉大な功績を挙げた者もいるけど、大半は極悪の罪人や悪逆非道の領主など、災いをまき散らす側に名を連ねている。

また三十歳を超えて生き長らえる者が非常に少ないなど不吉なことが多く、だから第一王子の婚約者にドロッセルが選ばれたとき、公爵令嬢にもかかわらず貴族や官僚など四方から反対が飛んだ。

「先帝陛下の第二王子殿下が生きておられたらな……」

「ご子息も含めてみんな亡くなっちまったからな」

「先帝様もバカなことを……」

オズワルドもまた塔に監禁されたまま一生を終えるはずだった。しかし先王が狩りの際の落馬が原因で急逝したことで事態は一変する。

当時先王にはオズワルドのほかに三人の王子がおり、一番気に入りで偏愛していた三番目の子を王太子として立てていた。

しかし三番目の王子は惜しくも王としての素質を持ち合わせてはいなかった。日頃から贅沢《ぜいたく》を好み、女に溺れ、政治はまったく顧みていなかった。

そんな王太子と頻繁に引き合いに出されていたのが、教養があり優秀だった二番目の王子だった。

穏やかで争いを好まず、武術には秀でていなかったが学問や政治には造詣が深かったという。社交に関してはあまり得意ではなかったらしい。

先王が崩御し、喪に服する一か月の間は戴冠式が行われない。その間に王太子が失脚なり死亡なりすれば、一番年長の王子が王位につくことになる。

当然暗愚な王太子よりも優秀な二番目の王子を王にと推す者が少なくなく、水面下で王太子暗殺計画が立てられる。

これに焦ったのはもちろん王太子だった。王位を欲していた王太子は二番目の王子を危険と認識し、それを陥れるために四番目の王子を利用した。

四番目の王子は、王太子と同じ母の腹から生まれた弟だった。王太子は同母弟を殺害し、その罪を二番目の王子になすりつけた。

駆け引きが得意ではない二番目の王子に、この冤罪《えんざい》を晴らせるだけの処世術はなかった。

王太子の目論見《もくろみ》通り、二番目の王子は終身刑を言い渡され、獄中で間もなく死亡した。

それにより王太子は自分の競争相手を排除したが、自分自身もまた用意した偽の証拠の矛盾を突かれて、弟殺しの罪を暴かれ王家を追放された。

即位式を前に、王位継承権を持つ三人の王子がいなくなってしまったのだ。

だからこそ、監禁されているとは言え最後まで残った、唯一継承権を持つ王子であるオズワルドのもとに、本来回ってこないはずの玉座が転がり込んできた。

（……確か二番目の王子の子も、冤罪に紛れて殺されたんだったな）

二番目の王子が獄死した直後、彼の家族が拘禁されていた屋敷が火事になり、まだ幼い彼の息子がその火事で焼け死んでいる。

不幸な事故によるものだと判断されたが、王太子の王家追放後に彼の手先による仕業だと判明したとか。

名前は、なんだっただろうか……？

「陛下はいつまで持ちこたえてくださるか……」

「呪い目をお持ちだしな……代替わりも近いのかもしれないな」

官僚たちの話題は、気づけばまた別の事柄へと移っている。その内容にライオネルはピクリと眉を動かした。

現国王が倒れたとなれば、必然的に次代の王のことが話題として上ってくる。

郊外で療養中の第一王子ロシュフォードは継承権を失っているので、残りはライオネルか第三王子エーデルハルトということになる。

「けど、エーデルハルト様はないだろうな……あんな放蕩《ほうとう》王子を継がせては国が乱れる」

「かと言ってライオネル様も、確かに優秀ではあるけど……」

「コルデリカ様がなぁ……」

「……」

ライオネルはしばらく官僚たちの会話を黙って聞いていた。

そしてある程度まで聞き進めるとすっくと立ちあがり、秘密の四阿から出るといきなりその官僚たちの前に姿を見せた。

「……!? で、殿下!」

「こんにちは、楽しそうですね」

「い、いえ! ライオネル殿下につきましては、ご機嫌麗しく……」

唐突に現れた第二王子の存在に、官僚たちはすぐさま色を正し、たどたどしく挨拶を述べてきた。

ここまで動揺を見せているということは、先ほどの自分たちの会話が、ライオネルに聞かれたらまずい内容だという自覚はあるのだろう。

「で、では私たちはこれで。失礼いたします!」

「……」

官僚たちは気まずさのあまり、逃げるように職務に戻っていった。無言でその姿を見送り、踵《きびす》を返してライオネルもまたその場を立ち去る。わざわざ追うこともないだろう。

幸い自室にたどり着くまでの間、誰かとすれ違うことはなかった。一人になり、ライオネルはようやく固く握り込んでいた右手の力を緩めた。

ヒリヒリとした痛みを右手に感じて目を向けてみれば、手のひらには複数の血の痕がにじんでいた。どうやら固く握りすぎて爪が皮膚を突き破ったらしい。ライオネルは棚から治療箱を取り、包帯を適当に巻いて止血する。

（……どいつもこいつも）

次期王位継承者についての話題はすでに国の上層部や貴族たちの間で広まっている。

貴族共はすでに第二王子派と第三王子派に分かれつつあり、外野における継承争いは勝手に始まっていた。

王城内でも官僚たちの意見がかなり割れているのは嫌というほど知っている。しかし一つ言えるのは、総じてどちらの王子にも素直な賛成は寄せられていないことだ。

エーデルハルトについては、これまで国政にほとんど関わることもせず、城を空けて年がら年中各地を放浪ばかりしてきた、その王族としてあまりに自由すぎる言動が王に相応しくないと言われる要因となっている。そしてライオネルは……。

「ライオネル、中にいらっしゃる？」

扉の向こうからノックとともに女性の声が聞こえてきた。

「はい。どうぞお入りください、母上」

ライオネルが扉を開くと、母コルデリカは静かに部屋に滑り込んできた。供はいない。一人で来られたらしい。

「こんな時間にどうされたのですか？　母上のほうからこちらに来られるのは、あまり褒められた行動ではないと思いますが」

プラティナ王国では、王はもちろんだが妃《きさき》も王子より尊ばれる存在である。

だから妃と王子の間で行き来が発生するのであれば、王子のほうから出向くのが礼儀であり常識であり、逆に妃が出向くことははしたないこととされている。

「誰もわたくしの言動なんて気にしたりなさらないわ。わたくしは卑しい妃ですもの」

「そんな風に自分を卑下なさらないでください。母上はこの国の第二妃であらせられるのですから」

「あら、事実ではなくて？　妃や王子の位なんて、貴族共からしたら薄っぺらいものでしてよ。そんなことはあなた自身良くわかっているでしょうに」

口元を扇で隠しながらコルデリカは、ライオネルの見せかけの同情を笑った。

「……ええ、存じておりますよ。あいつらは三度の飯より伝統と身分が大好きですから」

身分。それがライオネルの足を引っ張る最大の要因である。

ライオネルの母コルデリカは、貴族の中では最も低俗で身分が低い男爵家の娘である。

しかも古くからの伝統がある旧家ではなく、金で身分を買った成り上がりの家。

伝統と身分を重んじる時代遅れの社交界で、コルデリカは結婚当時から身分が低い卑しい妃だと蔑まれてきた。男児を産んでも、表向きは妃として尊ばれていても、裏では今でもコルデリカを貶《おとし》める者は多いことをライオネルは知っている。

その矛先はライオネルにも向けられている。王家とは尊き血筋を持つ者であり、王たる者は血筋が重んじられる。

そしてライオネルは下賤《げせん》な男爵令嬢を親に持つ。それだけの理由で王位に相応《ふさわ》しくないと宣《のたま》う者が後を絶たず、だからそれならせめて第三王子のほうが血筋は高貴だとそちらの派閥に一部の者は流れている。

幼い頃から誰よりも優秀であろうとし続けた。でも優秀さなど誰も評価してくれない。大事なのは血筋、そして貴族に都合のいい傀儡《かいらい》の王。

「王城内の噂《うわさ》を気にしているのかしら？」

「いえ、まさか。私に不服があるのなら、実力で黙らせるまでです」

本心だった。ライオネルを認めない者がいるなら、どんな手段を使ってでも従わせてみせる。それができずにしてどうして王になどなれよう。

伝統、血筋、身分。そんなものなどくだらない。そんなもの、権力の前では何の意味も成さない。こんなことで人間の価値が決まるのなら、全て力でねじ伏せてやる。

「そう？　ならばいいですわ」

コルデリカは扇を閉じ、愛《いと》しそうにライオネルの頬を撫《な》でた。

「ライオネル、あなたこそこの国の王に相応しい。わかっていますね？」

「ええ、もちろんですよ、母上」

微笑《ほほえ》むコルデリカにライオネルも笑みを返す。

皆まで言わずとも、彼女の意志は理解している。ライオネルが王となること。そのための戦いはすでに始まっている。

片膝をつき、母の手を取ってその甲に額をつける。何があっても、必ず王位を手にしてみせる。

それが母の復讐《ふくしゅう》であり、ライオネルの悲願なのだから。

三章　開戦

王国北の国境線で、イーリス軍とプラティナ軍の戦いの幕が切って落とされたのが三日前のこと。

王都ニルヴァーンは今のところ目立った影響は物理的に受けていないが、物価の上昇や大規模な徴兵など、間接的な悪影響は被っていた。

新聞には連日戦争や現在の戦況に関する記事が一面を占拠し、それを読む限りではまだ国境で何とか帝国軍を押しとどめることができているらしい。

しかしプラティナ王国とイーリス帝国の間には、技術力の差という埋めようのない圧倒的なハンデが存在する。まだ三日だから今は対抗できていても、明日にどうなるかはわからない。

従って王国はある意味総力をもってこの戦いに挑んでいると言っても過言ではない。

食品や衣料品などは戦場に回す分が最優先され、民衆のもとに出回るものは少なくなれば価格は大幅に吊《つ》り上がる。

身近でわかりやすいところだと、ルクレツィア学園の食堂に一番のしわ寄せが来ている。

貴族の子どもたちが通うこの学園は料理も豪華なものだが、今は市井のちょっと良い民衆のレストランに出てくるような料理しかない。

「……まぁ、なんて貧相な食事かしら！」

「こんなものを食べなくてはならないなんて、屈辱ですわ」

あちこちから生徒たちの文句が聞こえてくる。おそらく身分が上のほうの貴族家の子どもたちだと思われる。

千年前では王族の食事すら目の前の料理よりも簡素だったので、レティシエルはまったくもって気にしていないが、生粋の貴族の子息令嬢なら、確かにこの食事は簡素すぎて文句の一つも言いたくなるのだろう。

しかし口調からは純粋な不満というより、不満を言うことで抱えている不安を吐き出しているような感覚もある気がする。

「ドロッセル様？　どうかしたんですか？」

ぼんやりしていると、向かいに座っているミランダレットが心配そうに聞いてきた。

「なんでもありませんよ」

「そうですか？」

「ええ。みんな不満があるんだなと」

「なるほど」

「……」

「……」

言葉数少なく、会話は続かず何となくお互い黙ってしまう。

普段はこんなことはないのだが、いよいよ戦争が始まってしまったことがお互いの心に影を落としているらしい。

「……あれ？　なんすか、ケンカしたんすか？」

おかげで飲み物を取りに行って戻ってきたヒルメスが、レティシエルとミランダレットの様子に目を白黒させてしまった。

「安心してください、ヒルメス様。ケンカなんてしていませんから」

「そうっすか？　それならいいんですけど。あ、これドロッセル様の分の紅茶っす！」

「ありがとうございます」

ヒルメスから紅茶のカップを受け取る。ミランダレットとヴェロニカの分も彼が配っていく。

「……なんだか、寒々しい、ですね」

「ヴェロニカ様？」

「あ、いえ、あの、食堂全体が、ってことです」

「あぁ……」

確かに生徒たちの話し声は聞こえているが、話している中身はみんな上の空に聞こえる。

おそらくここにいる全員が、戦争のことを不安に思っているのだろう。

巷《ちまた》では号外新聞が連日のように発行され、国境近辺の戦況について知らせてくれているが、それは全てではないし改ざんされたものの可能性もある。

国は戦況について、ほとんど国民に情報を開示していない。民間の得られる情報の信《しん》憑性《ぴょうせい》なんてあってないようなものだ。

きっと国民の不安をいたずらにあおらないための配慮だろう。しかし守られていればいるほど、本当のことが知りたい者たちの不安はかえって増幅していく。戦争が生み出すジレンマの一つだとレティシエルは考えている。

（……この戦い、いったいどこに転ぶのかしら？）

千年前に嫌というほど戦争に明け暮れざるを得なかったレティシエルだが、未《いま》だに戦争は忌むべきものだと思っている。

しかも今回の戦いは国を挙げての総力戦。帝国は王国がそうでもしなければ敵《かな》わない相手なのは確かだが、つまり今のプラティナ王国は、イーリス帝国以外の者に対応する余裕がまったくないということ。

もしその隙を突いてラピス國《こく》から攻撃でもあったら……なんて悪い方向にばかり傾く思考を、レティシエルは強引に軌道修正する。

結論を出すにはまだ戦争は始まったばかり。慎重に経過を観察しなければいけない。それに今のレティシエルには、国の方針に口を出せるような力もないし。せいぜい学園長に意見を申し上げることくらいか。

「それにしても、ヒルメス様はいつも元気ですね」

「元気と剣だけが取り柄っすから！」

「不安では、ないのですか……？」

「そりゃ不安っすよ。けどここでウジウジしていてもどのみち、俺らには何もできやしないじゃないすか。だったら普段通りのほうが気が楽っすよ」

「それができれば、きっとみんな悩んだりしないよ……」

「はは、かもな」

困ったように微笑むミランダレットに、ヒルメスも静かに笑った。確かに誰もが彼のような心持ちでいられたらもう少し気が楽になるだろう。

でもみんながみんな、そんな感情で戦争に向き合えるわけではない。きっと人間はそこまで強くはない。

アストレア大陸戦争時ですら、戦争が起こるたびに人の不安が治安の悪化を招いたり、自殺を引き寄せたりしている。戦争がほとんど起きてこなかった太平の世に生きてきた彼らはなおさらだろう。

（……こんなとき、ジークならなんて言うかしら）

テーブルを囲むいつものメンバー、しかしそこにジークの姿はない。

両国の戦争が始まった翌日から、ジークはなぜかレティシエルたちの前に姿を見せなくなった。

棟は違うが共に寮暮らしのヴェロニカにあちこち聞いてもらったのだが、どうやら寮にある自室にも戻っていない様子。

デイヴィッドといいジークといい、最近学園から人がいなくなることが多い気がする。少し前にミュージアムの爆発事故に巻き込まれて死んだギルムの遺体も未だ見つからないし、いったい何が起ころうとしているのか。

「あ、ドロッセル嬢、こちらにいましたか」

そこへレティシエルたちのテーブルに一人の教師がやってきた。ぽっちゃりと丸い胴体、窓から差す光を反射して輝く頭、ピッカリ先生こと懐かしのバルトラーナである。

「お久しぶりですね、バルトラーナ先生」

「はい、お久しぶりで……いや、呑気《のんき》に挨拶してる場合じゃなかった」

「……？」

「学園長から呼び出しです。至急学園長室まで来るように、とのことで」

「……学園長？」

何の用なのかさっぱり見当がつかなかったが、ともかく急用なのは間違いない。レティシエルは友人たちに断って足早に学園長室に向かう。

「学園長、ドロッセルです。お呼びでしょうか？」

「おう、ちょっと待ってろ」

　部屋の前までやってきてドアをノックすると、中からルーカスの声が返ってきた。しばらくするとドアが開き、ルーカスが出てきた。教師の制服ではない、なんと正装である。

「学園長、その格好は？」

「正装。見た通りだろ。とにかく出るぞ、馬車の用意はもう終わってる」

「はい？　出る、とはどちらに？」

「城だ」

　手短に会話を切り上げると、ルーカスはスタスタと廊下を進み始めた。とりあえずレティシエルも後を追う。今の会話から推測するに、王城から呼び出しがあったらしい。おそらく、レティシエルも一緒に。

　学園長室がある別館のエントランスを出ると、黒塗りの馬車が停《と》められている。レティシエルとルーカスが乗り込むと、馬車はすぐに動き出した。

　王都の街道を馬車に乗って勢いよく駆け抜けること十分ほど、レティシエルはルーカスに続いてヴィアトリス王城の廊下を歩いていた。

　こんな時期であるし、官僚たちは今ある業務で手一杯なのだろう。案内役はいなかったが、ルーカスは迷うそぶりもなくズンズンと城の奥へと進んでいく。

どうも目的地は玉座の間でも謁見の間でも応接室でもなさそうだ。いったいどこに行こうとしているのだろう。

「着いた、ここだ」

ルーカスがようやく立ちどまったのは、金細工の取っ手がついた重厚な扉の前だった。

両開きのドアは暗色の木が使われ、艶やかな表面には細かい模様が彫り込まれている。

「ルーカスです。ただいま参りました」

「……入りたまえ」

ノックとともにルーカスが声をかければ、少し遅れて中からかすれた男性の声が返ってきた。ルーカスは一度レティシエルを振り返って頷《うなず》き、扉を押し開けた。

そこは金と黒と赤を基調とした広い寝室だった。先ほどまでの王城の煌《きら》びやかさとは打って変わって、この部屋の家具や調度品は数が少なく、デザインも簡素だ。

部屋の一番奥の窓辺には、立派な天蓋がついた大きなベッドが置かれ、そこに誰かがいた。さっきまで横になっていたのか、ちょうどベッドから起き上がろうともがいているところである。

「……！　陛下！」

その様子に一瞬目を見開き、ルーカスがすぐさまベッドのそばまで駆け寄り、部屋の主を両手で支えた。

その呼びかけにレティシエルは驚いていた。自身が記憶しているオズワルドの姿と、ルーカスの助けを借りてやっと起き上がれた目の前の男性とが結びつかなかった。

それくらいオズワルドの容貌は変わり果てていた。深い褐色だった髪のほとんどは色が抜けて白色が目立ち、顔や手に刻まれたシワは深く、指や体はまるで枯れ木のように痩せ細っている。

何か月か前に、公爵家の裁判で会ったばかりなのに、あのときから十年は老け込んだような印象だ。何がここまでオズワルドを弱らせたのだろう。

しかしオズワルドの赤い両目だけは、王がここまで弱ってもなお輝きを失っていない。むしろ以前会ったとき以上に禍々《まがまが》しさが増し、色も濃くなっているような気さえする。

「……問題はない。まだ寝たきりになるほど弱ってはおらぬわ」

「しかし陛下、だからといって無理に体を動かされることもないでしょう」

無理やりベッドから降りようとしているオズワルドを、ルーカスは説き伏せている。

病人扱いするでない、とムッと眉をひそめているオズワルドだが、その状態ではどう見ても病人にしか見えないので無茶はしないでほしい。

「すまぬな、ドロッヤル。こんな無様な状態で」

最終的に勝利したのはルーカスだったらしい。寝台に戻りながらオズワルドはそう言って来た。顔に生気は感じられないが、王の威厳は消えていない。

「いえ、無様だなどとんでもありません。どうか無理をなさらないでください。必要であれば、私がおそばまで参りますから」

「そうか……」

この数か月の間に何があったのか、どうして王はここまで弱ってしまったのか。喉まで出かかった問いは無数にあったが、レティシエルはその全てを呑《の》み込んだ。倒れてもなお王たろうとしているオズワルドに、そんな問いを向けてはいけない気がした。

「今日、そなたらを召喚したのは他でもない、戦争の件についてだ」

軽く咳《せき》ばらいをしてから、オズワルドはそう言って用件について切り出した。

「そなたらも知っているだろうが、帝国からの攻撃を受けている今、我が軍は圧倒的不利な状態に立たされておる」

「存じています。王国軍のおよそ二倍近い兵力で国境沿いに押し寄せていると」

「そうだ。領土を治めている伯爵位以上の貴族が募った私兵も投入されているが、それでも相手の兵力や技術力に押されて負けている」

ルーカスの返答に小さく頷き、オズワルドの視線がそのままレティシエルまで横滑りしてきた。

「ドロッセルよ」

「はい」

「お主の力を見込んで、国境軍の増援に向かってもらいたい」

オズワルドのその言葉に、レティシエルは特に驚きはしなかった。薄々そのことで召喚されたのだろうな、とあたりはつけていた。

「無茶を強いておるのは自覚しているつもりだ。しかし一般兵の増援だけでは焼け石に水だ。帝国の軍事力の前では歯が立たん」

ゴホゴホッと小さく何回か咳き込み、オズワルドは赤い両目をぼんやりと窓の外に向けた。窓の外には白っぽい雲に覆われた空が広がっている。

「このまま兵を送り続けても、みすみす我が国の民を死なせに行かせるようなものだ。帝国に勝つことができなければ、犠牲になった者たちも無駄死にしてしまう」

苦々しくオズワルドは顔を歪《ゆが》めた。それは間違いないだろう。レティシエルにはオズワルドの想《おも》いがよくわかっていた。

例え最初から劣勢であることがわかり切っていても、それでも勝たなければならない戦いはある。それに勝つことができなければ、ただの犬死にで終わってしまう。

あの最後の戦いがそうだった。結局あのときレティシエルには、国も家族も何もかも守れなかった。残ったのは山になった屍《しかばね》と絶望だけ。勝利を信じて殉じていった兵士や国民の願いは、リジェネローゼ王国の滅亡とともに無駄なものになってしまった。

「それに戦場では、どうやら白いマント姿の者たちが目撃されたこともあるそうじゃ」

「……それは、結社の人間ですか？」

「だろうな。奴《やつ》らが戦場で何のために暗躍しているのかまではわからんが、もしかすると今回の戦争そのものも奴らが裏で仕組んだことなのかもしれない」

「……そうですね」

その可能性は否定できないだろう。しかし一方でレティシエルは腑《ふ》に落ちないものも感じていた。

白の結社……サラの目的は魔術を滅ぼすことだと言っていた。だけど帝国では魔術はおろか、魔法すらも忌避して禁止している。そんな国をわざわざ動かす必要なんてあるのだろうか。

「ドロッセルよ、これは王としての命令ではない。儂《わし》個人からの要請だ」

「陛下……」

「実質、お主の肩に王国軍の勝敗の行方の全てを背負わせてしまうことになる。だから、お主が選んでくれ」

「……」

レティシエルに対してオズワルドが申し訳なく思っている気持ちは嘘《うそ》ではないだろう。それは彼の表情ににじむ陰りでなんとなく察せられる。

それでもこの方はやっぱり一国の王だな、とレティシエルは思いながら心の中でため息を吐《つ》いた。

確かにレティシエルが戦場に向かえば、技術力が遠く帝国に及ばない王国軍では必然的にレティシエルが最大にして最後の命綱となるだろう。

それはつまり、レティシエルが倒れてしまったとき、それすなわちプラティナ王国の敗北に他ならない。

（……でも、結社の連中も関わってる）

神出鬼没でどこにでも姿を現す白の結社の思惑は、サラとの邂逅《かいこう》のおかげで判明してきたが、それが何を意味し、何をもたらすのかはわからないままだ。

今回の戦でも、もしかしたら彼らは何か企《たくら》んでいるのかもしれない。彼らが関わっている以上、きっとこの戦争はただでは終わらない。終われない。

彼らを、そしてサラを止めるためにも、ここで退《ひ》くという手はレティシエルには選びようがない。

「ご心配には及びません、責任を背負うことには慣れています」

レティシエルはオズワルドの顔をまっすぐ見据えた。

千年前、レティシエルは王女だった。他国との戦争が起こるたび、レティシエルは国の命運と民の命全部を背負って前線で戦ってきた。今さら抱え込むものの重さにたじろいだりはしない。

もちろんリジェネローゼとプラティナでは国の規模も国民の数も圧倒的に違う。背負う責任の重さも比べられないだろう。

それでもレティシエルが国の命運を背負うことで、この状況を打破できる道が見えるのであれば、その重責、喜んで背負おう。

「増援の件、謹んでお受けいたします、陛下」

迷うことはなかった。ベッドのすぐ横まで行き、レティシエルはまっすぐオズワルドの目を見て大きく頷いてみせた。

「……ありがとう、すまんな」

レティシエルの返事に、オズワルドは小さく微笑《ほほえ》んだ。

その笑みには、要請が受け入れられたことに対する安堵《あんど》と、どこか申し訳なさそうな色が同時に潜んでいた。

後悔の色は、見えない。

「礼には及びません。それに、陛下は最初から私が断らないことをご存知だったのではありませんか？」

「ハハハ、さて、どうであろうな」

飄々《ひょうひょう》と笑い声を上げるオズワルドの表情は、今日レティシエルが見たものの中で最も明るいものだった。

＊＊＊

プラティナ王国とイーリス帝国の国境には、スルタ川という川が流れている。

そのスルタ川を挟んだ両岸にそれぞれ陣を張り、両国軍は昼夜を問わず攻防を繰り返していた。

開戦から五日目の夕方、もはや何軍目かわからない王都からの物資輸送隊が王国軍の陣地に入った。

その隊には物資を運ぶ荷馬車だけでなく、鎧《よろい》をつけた兵士などの姿もある。輸送隊は戦地への増援を連れてくる役目もあり、兵たちも道中は警護の役割を果たしている。

新しくやってきた兵士たちに混じって、マントとフードを着込んだ一人の魔道士の姿があった。

周辺の兵士たちに比べるとかなり小柄でほっそりとしており、一見武器を持って戦えるようにはとても見えない。

「おう、あんたらが今回の増援か……ん？　誰だ、あのマント」

「えっと、自分らも詳しいことは特に……ただ、王家が直々に派遣した魔道士だとは聞いています」

陣地の入り口を警備する兵士と、輸送隊と一緒に新しく来た兵士がヒソヒソと話し合っている。

そのささやきと視線をものともせず、魔道士は座っていた荷馬車の端からピョンと飛び降りるとスタスタと陣地に入っていく。

「……さて、総大将のテントはどこ？」

この魔道士とはもちろんレティシエルのことである。魔術のことは公になっていないし、上の人たちは知っていても一般兵たちは知らないので、こうして魔道士という身分を借りて戦地までやってきたのだ。

到着したらまずは総大将に辞令を渡すように、とオズワルドに言われたが、どれが総大将のテントだろう……あの奥に見える一番高いテントだろうか。

「ん？　なんだ？　あのちっさいの」

「あー、なんか魔道士様らしいぞ。王様直々の派遣だとさ」

「おいおい、あんなちっこいの寄こされてもホントに使えるのかよ……ってちょっと待て、あれ女じゃねえか？」

すれ違う兵士たちの呟《つぶや》きが風に乗って聞こえてくる。まぁ、予想していたけど見事に怪しまれている。確かにレティシエルの外見はまごうことなき小娘なので、そう思われても仕方はないのだけど。

移動しながら軽く周囲を観察してみる。前線の様子はそこで戦っている兵士たちの様子を見れば何となく把握できる、とは千年前のアストレア大陸戦争のときからのレティシエルの持論である。

夜だからとて暇にしている兵士は一人もいない。武器や物資を運んだり、伝令として走ったり、警備のため目を光らせていたり。

緊迫した空気は間違いなく漂っているが、兵たちの表情は人によって様々だった。一部帝国に対して闘志を燃やしている者もいるようだが、大半の兵はそうではなく、帝国の力に尻込みしているようだった。

むしろこの戦いに本当に勝てるのかという不安が強く、それが伝播《でんぱ》して全体の士気が低下する要因となっているのだと思われる。無理もないのはわかっているが。

ちなみにルーカスもあとから援護に駆け付けるという。スフィリア戦争の英雄『紺碧《こんぺき》の獅子《しし》』が来れば、もう少し兵たちの士気も上がるだろう。

「すみません、こちらが王国軍総大将のテントで間違いないでしょうか？」

ともかく目的のテントの前までやってきて、レティシエルは入り口に立つ門番に声をかけた。一応自分の勝手な予想なので、本当にここで合っているのか確認したい。

「ん？　そうだけど、なんだいあんた」

自分の胸くらいまでしかないレティシエルに、門番は怪訝《けげん》そうな顔をしている。成人した男性と十六の小娘とでは、それくらいの差があって当然ではあるが。

「この度国王陛下の命で派遣された魔道士でございます」

「……魔道士だぁ？」

胡散臭《うさんくさ》そうな表情を隠そうともせず、門番は頭のてっぺんからつま先までレティシエルを眺め回した。あまり信じてなさそうだ。

「……少し待て」

「ありがとうございます」

それでもレティシエルを通してくれるのは、事前に魔道士の存在を知らされていたか、あるいはマントに留めてあるブローチが功を奏したのか。

今回の増援にあたって、兵士たちにこういった反応が起こることを予期して、オズワルドはレティシエルに特殊なブローチを与えていた。王家の紋章が刻まれた黄金のブローチで、特殊な加工がされているらしく表面に独特の光沢がある。

門番に頭を下げて礼を言うと、相変わらずジロジロこちらを見ながら門番が報告のためテントの中に消えていく。そしてしばらく待つとすぐに出てきた。

「入れ」

どうやら許可が出たらしい。レティシエルは今度こそ入り口の布をたくし上げてテントに入った。

外から見たらかなり大きなテントだが、中には広めの空間が一つあるだけで見た目ほど大きいわけではなさそうだった。

テント内の中央には軍事会議ができるくらい広い机が置かれ、一番奥の椅子に一人の男が座っている……あれ？　あの顔は見覚えがある。

「……ライオネル殿下？」

そこに座っていたのは第二王子ライオネルだった。どうやら王国軍を率いる総大将は彼らしかった。

「お待ちしておりました。驚かれました？」

手元に持っていた巻物を置いて椅子から立ちあがり、ライオネルはこちらに向かって小さく微笑みかける。

「ええ。まさか直々に指揮を執られていたとは思いませんでした」

「我が国の命運に関わる戦いです。王家の者である私だけ安全地帯で守られているわけにはいきません」

迷うことなくそう言い切るライオネルに、レティシエルは少なからず前世の自分を思い起こした。

ちなみに第三王子エーデルハルトは王都にとどまっている。王位継承者をどちらも戦場に出すのは危険極まりない。

それに帝国が手薄になった王都に侵略してくる可能性もあるので、万が一に備えて指揮官候補を残すためでもある。

「ドロッセル嬢は……あ、今はそうお呼びするべきではありませんでしたね」

「はい、この戦場では『魔道士シエル』として戦います」

もちろん偽名である。戦場に派遣された以上、レティシエルは王国軍の一員として戦うことになる。つまり帝国軍や味方の前で魔術を使うことになるのは必然である。

魔術は帝国にとっても一般兵たちにとっても未知の力だ。味方軍はともかく、帝国は必ず王国に対して探りを入れてくる。

そのとき『ドロッセル』にまでたどり着かせないため、別の人間として振る舞うように言われている。

もし『ドロッセル』のことが特定されたら、帝国はおそらくレティシエルを亡き者にしようとするだろう。ただでさえ技術面で後れを取っている王国にとって、それは致命傷にすらなり得る、というのがオズワルドの考えだった。

「ええ、これからどうぞよろしくお願いします、魔道士シエル殿。……どうしてこの名前なのですか？」

「特に理由はないですね。適当に考えて思いついた名前です」

「なるほど、そうですか」

命名した経緯は本当に適当である。偽名を考えろと言われたとき、あまりにも候補が思いつかなかったので、自分の前世の名から浮かんだものが咄嗟《とっさ》に出ただけである。

「早速ですが、現在の戦況についてお聞かせ願えますか？」

「もちろんです、こちらへ」

ライオネルに手招きされるがまま一番奥まで行くと、テーブルの上にはすでに戦場の地図が広げられていた。

羊皮紙でできた地図には複数の赤いバツ印や数字が書き込まれている。これまで交戦した場所と、一戦ごとの被害者数が書かれているのだろう。

黒いインクで書かれた軍勢が王国軍、青いインクでスルタ川の向こう岸に書かれている軍勢が帝国軍だ。

「……十万、ですか」

「ええ、我が軍との兵力差は無視できません」

「そのようですね」

青色の軍勢の横に書かれている数字に、レティシエルはスッと目を細める。

十万というその数字は、間違いなく帝国軍の規模を示している。帝国軍は十万の軍勢を率いて戦いに臨んでいる。

対する黒色の軍勢……王国軍の横に書いてある数字は六万。兵の数でもプラティナ王国は負けている。

しかしおかしい。地図に書かれた情報だけでも、前世での戦争経験もあってレティシエルはすぐに違和感に気づいた。

「かなり、妙な戦いですね」

「妙、といいますと？」

涼しい顔でライオネルがこちらの顔を覗《のぞ》き込んでくる。

その表情を見るに、レティシエルが勘付いた違和感もわかっているのだと思うが、どうやらレティシエルの口から言ってほしいらしい。

「戦況があまりにも穏やかすぎるのです」

こちらの能力を見極めようとしてるのだろうな、と思いつつもレティシエルは帝国軍の軍勢を指差して言葉を続ける。

「十万と六万の軍勢では、双方が同等の技術を有していても六万の軍勢のほうが圧倒的に不利です」

「それはそうですね」

「もちろん我が軍が不利であることは確かですが、不利である割に我が軍には余裕がありすぎる」

指し示した先は、王国軍の被害者数が記録された箇所である。

兵力的にも技術的にも不利にもかかわらず、王国軍の被害はレティシエルの予測より大幅に下回っている。

「こちらが善戦しているという可能性はもちろん考えられますが、今の我が軍の装備や精度を見てもその可能性は薄いでしょう」

「……」

「そうであれば考えられる理由は限られてきます」

「へぇ？　例えばどんな？」

「思うに、帝国軍の勢いが弱いのではありませんか？　でなければ我が軍の被害が、これっぽっちで済んでいるわけがないと思うのですが」

「その通り。お見事です、シエル殿」

レティシエルの指摘を聞き終わり、ライオネルはどこか満足そうに頷《うなず》いた。やっぱり今のはテストだったらしい。

「帝国のほうから先制攻撃を仕掛けてきて五日が経《た》っていますが、帝国軍の攻撃が予想よりも弱いのですよ」

「弱いとは、具体的にどのように？」

「そのままの意味です。彼らは十万もの兵を差し向けておきながら、一団になってこちらを攻撃してくることがありません」

「そういった作戦というわけではないのですね」

「ええ、作戦だとしたら戦地があまりにもばらついています」

そう言ってライオネルは地図の一角を指差した。そこには赤いバツ印と、横には犠牲者数が書かれている。

「ここを見てください。これは初日の午後に初めて両軍が剣を交えた場所ですが、この戦いで王国軍は最も大きな被害を被っています」

「……その割に、死者は二千人程度」

「ええ。これだけの兵力差と技術力の差があるにもかかわらず、こちらの死傷者数はご覧の通り少ない」

千年戦争時は、絶望的な兵力差で戦いに挑まなければならない場面はザラにあった。籠城戦はともかく、野外戦となると劣勢のほうは数千人、下手したら万を下らない犠牲は覚悟しなければならなかった。

帝国は精密な銃や強固な剣、鎧《よろい》などの軍事品を多く所有し、噂《うわさ》によればアルマ・リアクタを使った軍事兵器まであると言われている。

それに対して王国側の武器は魔法のみ。銃の精度も剣や防具の質も帝国には及ばない。とうてい数百人の犠牲で終わる戦いとは考えられない。

「間を置かず追撃を加えれば、わざわざ長期戦に持ち込もうとしない限り短期決戦で決着をつけられるチャンスですね」

「そうですね、もし私が帝国の立場だったとしてもそうしたでしょう」

最初の戦いというのは、その後の戦況にも大きな影響を与えてくる。兵力差があればなおさらで、敵に甚大な被害を与えることができればそれだけ後の戦いが楽になる。

しかも開戦が午後となると、そのまま夜にもう一度夜襲を仕掛けることだって可能だろう。午後からの夜では、敵は襲撃を警戒できても実際に対応できない可能性が高いのだ。

兵糧や武器、兵たちの体力もまた無限ではないので、初戦はほとんどの場合戦力の大半を投入して行われる。後を引けば引くほど兵士たちの疲弊は蓄積されていく。

「しかし帝国軍はそうはしませんでした」

「……次の戦、翌日の夕方になっていますね」

「場所は前日と同じで、敵の数は前日の戦いよりも少なかった」

初日から起きた戦と当時の状況を、ライオネルは地図で示しながら順番に話してくれる。

今のところほとんどの戦いは帝国軍の勝利だが、ひとまず王国軍もなんとか帝国軍を押し返し、食い止めることはできているようだ。

しかし聞けば聞くほど奇妙な流れだった。

初日にスルタ川北東の原野で第一の戦いが起き、第二の戦いはそれから一日経った翌日の夕方に行われ、その日の夜に第三の戦いである夜襲がかけられるが、前日より警戒態勢を強めていた王国軍はこれを何とか撃退。

その次の日も帝国はこちらに対して度々攻撃を仕掛けてきているが、どれも出撃兵数と総兵力数の比率がおかしい。

十万人もの兵を引き連れているくせに、戦いに出撃してくる兵の数は毎度多くて五万人程度、一万人を下っている戦いすらある。

千年戦争を経験している身としては、帝国側の動きは不自然極まりない。全ての手が非効率的で、何を考えているのかまるで理解できない。

なんというか、統制が取れていない。一つの軍に所属しながらも、一つ一つの小隊がてんでバラバラな動きを取っているような、そんな印象を受ける。

「帝国軍の様子について、定期的に偵察兵を派遣したほうがよさそうですね」

「それについては二日ほど前から密偵に情報を集めさせています。資料がありますけど、読まれますか？」

「ぜひお願いします。それと殿下、帝国内にも別途密偵を派遣したほうがよろしいかと」

「へぇ、別途で？」

「ええ、別途で、です。帝国軍の統制の低さは、おそらく軍そのものだけが原因ではないと思われます」

レティシエルはライオネルにそう進言した。

戦場において軍の統制が乱れる理由はいくつか考えられるが、一番有力な原因は軍内部における味方同士の対立だ。

今回の帝国軍も一つの派閥の者たちで構成されているわけではないだろう……むしろそのような構成の軍のほうが希少だが、そういった対立はこちらにとっては大変有利なものである。

しかしその背景には国内の情勢や力関係、個人の利益などが密接に関わっている。それらを徹底的に洗うことは敵の弱みを手中に収めることであり、引き抜き、寝返りなどを促そうとする場合でも重要な情報源となり得る。

「現在、イーリス帝国内もまた不安定な状態にあると聞きます。もしかして国内の情勢とも関係があるのかもしれません」

「なるほど、確かに一理ありますね。すぐ手配しましょう」

ライオネルは一つ頷くと、すぐに門番を呼びつけると伝令を呼んでくるよう伝えた。

まったく迷うそぶりもない。もしやこれもテストの一環だろうか。

「しかし、シエル殿は戦争にお詳しいのですね」

「ええ、まあ、学園の図書室で兵法書などもかなり読んできましたので」

表情を引き締めたまま、レティシエルはサラリと嘘《うそ》をつく。

全て千年前のアストレア大陸戦争時に、レティシエルとして実際に戦場で培った経験と勘を総動員したにすぎない。ライオネルに何か意図があるわけではないのはわかっているが、一瞬ドキッとしてしまった。

「王国軍の状態はどうなっているのでしょうか？　ここに来るまでの感じでは、士気はあまり高まっていない様子ですが」

「ええ、やはり負け戦が続いているので、士気が低迷しているのは仕方ないことではあるのですが、こればかりは物資などを補給すれば上がるものではありませんからね」

「兵糧や武器防具の在庫などはどうでしょう？」

「そちらに関しては支援物資のおかげでどうにか賄えていますね。兵糧に関しては収穫期ではないのでかなりギリギリですが」

「なるほど……」

腹が減っては戦はできぬ、とはまさにこのことだろう。食事に関しても士気の低下に関連することがありそうだ。

「支援物資の輸送経路の安全は確保しておいたほうが良いのでは？　今の我が軍の状態は、支援物資があってこそ成り立っているものです。それを絶たれてしまえば、もはや何も打つ手はありません」

「そうですね、それはこちらでも考えています。しかし現状兵力を分散させるのは得策ではないでしょう?」

「わざわざ隊を編成する必要もないかと思います。我が軍は現状猫の手も借りたいような状態ですし、兵力を拡散せず国境付近を重点的にマークしておけばいいかと」

「なるほど。輸送隊の警護自体は、隊に同行している援軍兵たちが担ってくれていますし、そうすると手間が省けますね」

「前哨隊《ぜんしょうたい》や巡察隊の負担は増えてしまいますが、帝国が支援経路の分断を目的に王国領に入るのであれば、経路はおのずと限られてきます。その要所だけを押さえておけば、かなりリスクの軽減につながるはずです」

「それならば軍の編成も少し見直すべきだろうか……」

それからレティシエルとライオネルは、軍の現状や自分たちの戦法について細かく議論した。

王都から絶えず寄こされる支援物資のおかげで現状維持に問題はないが、戦のたびにそれなりの損害を被ってしまう王国軍においては、食糧よりも医療品のほうが慢性的に不足しているようだ。

それについてはひとまず周囲の自然を調査してもらうことにした。

医療品が不足していると言ってもそれは王都で作られているもののことであり、この戦場の近辺には当てはまらない。

このあたりは今回の戦いで戦地になるまで、ほとんど人が分け入らないような場所だった。生態系はまだ保持されているはずで、山や森に自生している植物には止血効果などの薬効がある場合が多い。

「ともかく、現状伝えられる情報はこれくらいですね。長旅であなたも疲れているでしょう。テントは用意させていますから、今晩はそちらで休んでください」

「わかりました、では失礼させていただきます」

ライオネルからテントの場所を聞き、レティシエルは頭を下げて総大将のテントを後にした。

レティシエルに用意されたテントは陣地の西側の一角にあった。周囲にある他のテントより一回りほど小さく、見るからに一人用のサイズである。

中に入れば、薄暗い中簡素な寝台と木のテーブルと椅子が一対、それから床には荷物入れの草編みの箱が置いてあるのがうっすら見えた。

指先に魔術で小さな明かりを灯《とも》し、テーブルの上に置いてあるロウソクにレティシエルは火をつける。テント内が狭いおかげで、ロウソク一本でも十分明るい。

椅子に座り、レティシエルはマントのポケットから布に包まれた乾パンを取り出す。今日の昼食として配られたものの一部だが、到着時間的に夕飯には間に合わなそうだったので残しておいたのだ。

ザクザクと乾パンを咀嚼《そしゃく》し、持ってきている水筒から水を飲んで喉を潤す。明日になってからでいいが、水源の確保はしておかなければ。

「さて、休めるときに休んでおかないとね……」

ここは戦場、次の瞬間には何が起きていてもおかしくない。マントだけ脱いでレティシエルは寝台に上がり、毛布にくるまって目を閉じる。

すぐに意識がまどろみへと沈んでいく。自分で言うのも何だが、前世からの経験の蓄積で寝るのは得意である。

＊＊＊

翌日、起床して間もなく王国軍陣営に帝国軍襲来の一報が届いた。

場所はスルタ川南方の森林地帯。マントを羽織ると、レティシエルも出撃する兵たちとともに戦場へ急ぐ。

戦場に近づいていくにつれ、剣がぶつかり合う甲高い音や、パァンという乾いた破裂音も連続で聞こえるようになってきた。

この音は公爵領での戦いで聞いたことがある。銃の発砲音だ。

「前線、負傷者二名！」

「すぐに下がらせろ！　少しでも手があいてる奴《やつ》は手当てにあたれ！」

「増援が来るまで持ちこたえろ！」

矢継ぎ早に声が聞こえてくる。どうやら先遣隊が帝国軍相手に苦戦しているらしい。

レティシエルは自身に遠視魔術を付与する。視界がグンと前方に拡大され、森の中で繰り広げられている戦闘を映し出す。

木々の合間に隠れて、王国軍と帝国軍がそれぞれ相手の動向をうかがっている。

王国側は元の兵力差もあって攻撃には非常に慎重になっているのに対し、帝国側はこちらを取るに足らない相手だと思っているのか、チャンスがあればすかさず攻撃を加えようとしている。

中には飛び道具を浴びせている兵もいる。これだけ木や草がある状態で、飛び道具を使ったところで命中率なんてゼロだと思うのだが、威嚇のつもりなのだろうか。

「おい！　今援護に――……」

「お静かに」

「もごっ!?」

森の中にいる味方に向かって、援軍に属する兵が声を上げようとしたが、すんでのところでレティシエルはその口を塞ぐ。

「なっ！　何をするんだ！」

「相手はまだこちらの援軍に気づいていません。うかつに声を上げてしまえば、相手に増援の存在を知られて警戒されるだけです」

ただでさえこちらはいろいろな面で不利なのだから、使える手札は一つでもあるなら最大限活用していかなくてはいけないだろう。

「けど、早く助けに行かねえと間に合わねえだろ！」

「わかっています。ですから少し待ってください。あ、かがんで進んでくださいね、そのほうが森のほうから見て発見されにくくなります」

率先して自分からかがんで、前に進みながらレティシエルは手で地面をなぞる。

彼女の手が通り過ぎた場所には、不思議な紋様の緑の光が浮かび上がる。レティシエルが発動させた、大地に干渉する魔術だ。

緑色の光を引き連れ、レティシエルは森に近づいていく。そして森のすぐ手前まで来たところで止まり、地面に当てていた手をくるりと回転する。

その瞬間、地面に輝いていた緑色の光は即座に進行方向を変え、一直線に森の中へ消えていく。

「うが！」

「ギャッ！」

遠視魔術によって映し出された視界には、唐突に地面を突き破ってきた土の槍《やり》に太ももを貫かれ、体勢を崩して倒れる帝国兵の姿が見えた。

「奇襲をかけてきます。合図とともに突入してきてください」

「え？　あ、お、おう、わかった！」

一番近くにいた兵士にそう言い残し、身体強化魔術を自身に付与するとレティシエルは地面を蹴った。

今回の戦地は視界が悪い森林。大規模な魔術で一気に敵を蹴散らすより、小規模な術式を併用して一人一人確実に敵を倒すほうが効率が良い。

力を込めた地面の土が陥没し、次の瞬間レティシエルは木々の間に紛れて身を隠している帝国兵たちの前に姿を現した。

「なっ！　どこから……！」

帝国兵たちには、何もない場所からよくわからない小娘がいきなり現れたように見えたのだろう。動揺したのは一瞬で、すぐにこちらに銃口を向けようと構え始める。

それをレティシエルは許さない。

兵たちの構えが完了するより先にレティシエルの両手にはつららが複数個出現し、それらは一斉に彼らの武器に襲い掛かる。

一閃《いっせん》。

兵たちの銃はその引き金が引かれたと同時にパリィンと音をたてて砕けた。

銃口から侵入したつららが、撃ち出されてきた銃弾とぶつかり、摩擦と熱によって気化し、熱された空気の膨張が内部から銃を破壊したのだ。

「うあ！」

「がぁあ！」

レティシエルの攻撃を喰《く》らった二十数名の帝国兵は、ほとんどは飛び散った破片によって手や体、顔を大きく損傷する。

その結果彼らのほとんどはその場に膝をつき、武器を手に取れるような状態の敵はいなくなった。

「今です！」

森の外に待機しているであろう援軍に向けてレティシエルは叫ぶ。

味方たちはレティシエルが残した指示を守ってくれていたらしい、すぐに雄たけびとともに兵たちが森に突入してくる。

レティシエルは自身に探索魔術を付与し、素早く周囲を見渡し状況を整理する。視界が悪い森の中では、目視で敵を捉えるのは難しい。

周囲一帯に展開された探索網が、そこに引っ掛かって検知された人間の気配を知らせてくる。

（右に二十、左に五十六……さらにその後方にも敵反応多数か……）

敵の数を大雑把に把握すると、レティシエルは転移を発動する。

帝国軍と王国軍で違うことは、兵力を除けば一つしかない。武器の差である。それがなくなれば、今の王国兵たちも対応できるようになる。

だから帝国兵の殲滅《せんめつ》はある程度味方軍に任せ、レティシエルは帝国兵の武器の破壊に専念することにした。

現状では帝国の扱う精鋭武器の合間に飛び込めるのはレティシエルくらいだろうし、一時も無駄にはできない状況では、自分にしかできないことを全うするべきだ。

「な、なんだ!?」

「ど、どこから……!」

転移で至近距離まで移動すれば、突然出現したレティシエルに帝国兵がたじろぐ。

かつて仮面の少年……サラがレティシエルの屋敷を襲撃したときに、転移と思《おぼ》しき方法で撤退したことを思い出したが、彼らの反応を見るに帝国にその技術はないようだ。

「バ、バカ！　敵襲だ！」

「すぐに迎撃の用意を――……」

「……遅いわ」

慌てて銃に弾を装塡《そうてん》しようとする帝国兵に、レティシエルは即座に氷魔術で銃を凍結させる。

戦っていて思ったのは、銃という武器は間合いに入ってしまえばさほど脅威となる武器ではないということだ。

右手に風の術式をまとわせ、棒切れのように縦に振り下ろされる銃身をかわし、体をひねった勢いに乗せて右手を振り抜く。

剣のように薄く右手にまとった風が嘶《いなな》き、軽い金属音とともに目の前の銃身に、横にまっすぐな亀裂が走る。

その亀裂はそのまま大きく広がり、帝国兵が持っていた銃を真っ二つにした。

「こ、この……！」

「させない」

すぐさま剣に持ち替えようとする帝国兵の腕に、レティシエルは銃を両断したのと同じ風の術式を叩《たた》き込む。

「ぎゃあああ!!」

鮮血が噴きあがり、兵士の腕の肘から先がボトリと地面に落ちる。

痛みに悲鳴を上げる帝国兵の首を、魔術で発生させたつららで貫く。兵士の悲鳴が歪《ゆが》んで消え、やがて地面に崩れ落ちて絶命する。

公爵領での戦いと、戦争での戦いでは、戦いの意味が違ってくる。反乱は反乱分子を鎮圧するため、戦争では国そのものを守るため。

公爵領では敵を無力化するために戦ったが、今はそれはできない。敵兵は捕虜にしない限り、命を絶っておかなければ守るべき存在の脅威となり得る。

（……やっぱり、戦争は嫌いだわ）

敵であり自分たちの命を脅かす存在である以上、手加減することはできない。でも人を殺すことで別の場所で新たな憎しみを生む。

今しがた自分が殺した帝国兵の死体を見下ろし、レティシエルは心の中で黙とうをささげた。たとえそれが動かない事実でも、人の命を奪った罪悪感はあっても、敵兵を殺したことに後悔はなかった。

「……やりやがったな！」

「ひるむな！　相手は一人だ！」

「かかれ！」

目の前で仲間が殺されたことで、他の兵士たちの殺気が一瞬でレティシエルのもとに集まる。

次々と銃を捨てては剣で切りかかってくる帝国兵たち。その動きを軽く視線でなぞり、レティシエルは右手に刃を持ち応戦する。

実体のない刃だった。風の魔導術式を細長く展開した、何物をも両断する『風の剣』。

「ぐっ、あぁぁ！」

袈裟懸《けさが》けに振り下ろされた剣を避け、持ち主の腕に『風の剣』を滑らせる。

剣を振り抜いた勢いで体をねじり、背後から剣を突き刺そうとしていた男の喉笛を刺し貫く。悲鳴も上げられないまま、男は絶命する。

踊るように剣を振るいながら、レティシエルは敵兵たちの間を縦横無尽に駆け回る。

レティシエルが通った場所には赤い跡が残り、怒鳴り声や悲鳴などがこだまのように後から追いかけてくる。

二十人もいた帝国兵たちは一人また一人と減っていき、緑色だった草地や森は少しずつ赤黒い血肉に浸食されていく。

「た、助けてくれ!!」

「いやだ、いやだいやだいやだ!」

「うわあああ!」

最初は毅然《きぜん》と立ち向かおうとしていた男たちだったが、今では生き残ったほとんどの者は武器を捨てて逃げようとしていた。

無謀にも敵を前に背中を向けた兵士たちを、レティシエルは逃がさなかった。

『風の剣』から分裂するように、緑色の風をまとった小さな刃が二つ出現し、それは逃走を図る兵たちの背中めがけて一直線に放たれる。

音もなく男たちの体を貫通した刃は、そのまま方向転換して『風の剣』本体に帰還する。

それと同時に体に風穴を開けられた男たちは地面に倒れた。刃は彼らの心臓を正確に破壊していた。

「……」

沈黙した敵兵たちを前に、レティシエルは彼らが装備していた武器に目を落とす。

この銃という代物、これ一つをとっても王国軍の使っているものより、よほど精密で扱いやすいだろう。

手に持って、地面に向かってトリガーを引いてみる。

バァン！

破裂音とともに、銃口を向けた先の地面に穴ができる。帝国の兵でなければ使えない仕様ではなさそうだ。

さらに何回か引き金を引いてみる。二発の弾が撃ち出されたあと、銃は沈黙した。どうやら弾は三発まで装塡できるらしい。

亜空間魔術を発動させる。レティシエルはここに落ちている武器を全て回収して戻ることにした。

亜空間魔術は、収納したものの重さによって術式制御の使用領域が広くなり、魔術を使った戦闘に多かれ少なかれ影響を及ぼすが、この際それはいったん後回しにしよう。

「おらぁぁぁぁ！」

「このまま押し切るぞ！」

「右に二人逃げたから気をつけろ！」

「回り込め！」

全ての回収作業を終わらせると、レティシエルは別の敵軍のもとへ移動を開始する。

移動中にちらりと他の味方軍の様子をうかがってみると、うまく陣形を組んで攻守をこなしている。この部隊の兵士たちはなかなか戦いに慣れているように思える。

スフィリア戦争時には、傭兵《ようへい》が王国軍の兵として戦っていたと聞いたことがあるし、もしかしてそういう職業の人たちだろうか。

そんなことを考えながら、レティシエルは探索魔術に導かれるまま敵軍のいる方向へ向かっていった。

＊＊＊

「報告いたします！　王国側に、謎の魔道士が！」

戦地となっている森の少し奥、前線の自軍を支援するために待機していた帝国の後衛軍にその知らせが持ち込まれた。

「なんだ、騒がしい」

「それが、突然王国側に謎の魔道士が現れ、我が軍を蹂躙《じゅうりん》しているとの報告が……！」

「……邪悪な術を使うプラティナ人め」

その報告を聞いた帝国の兵たちは、みな揃《そろ》って王国に対して恨み言を吐いた。魔道士などという存在は、帝国では処罰を免れられない。

それを堂々と戦場に投入してくる王国軍に、彼らは嫌悪感を隠そうともしなかった。中には罵声を上げている者もいる。

何せこの戦争に参加しているのは、プラティナ王国を憎む者ばかりなのだから。

「案ずるな、我々には神なる兵器が存在している。下賤《げせん》な邪術になど負けはしない」

軍の中でリーダー格でもある男がそう言って味方の兵たちを鼓舞した。その手には銀色の銃に似た兵器が掲げられている。

銀色に塗られた銃身は光を受けて反射し、その中央に嵌《は》められた鈍いオレンジ色の宝玉が目を引いた。

「兵器の稼働を許可する。すぐさま迎撃に向かうぞ！」

「はっ！」

「悪《あ》しき王国軍を殲滅せよ！」

「おおぉ！」

リーダーの号令に、帝国兵たちが一斉に沸き上がった。

その士気の上昇とともに、まるで呼応するようにゆっくりと宝玉が輝き始めた。

＊＊＊

たどり着いた先には、先ほどの二倍以上の敵兵がいた。

探索魔術を維持したままの左目には、その後方にまだ多くの敵がこちらへ進行してきていることが示されている。

早めに片づけたほうが良さそうである。そう判断してレティシエルはすぐさま術式を展開し始める。

その敵軍には二種類の兵士がいるようだった。

先ほどの一陣のように普通の銃と剣を持って武装している兵と、その後ろに守られるように立つ違う鎧《よろい》を着た兵士たち。

後方の兵士たちは両腕に重そうな腕輪をつけ、総じて不思議な形の武器を持っていた。

初めて見る形の兵器だ。

フォルムから推測するに銃のようなものだろうとは思うが、その銃身は全て銀色に塗られ、取り付けられているオレンジ色の宝玉だけが異様な存在感を放っている。

（……あれは？）

敵が陣取っている場所は、森の中でも木々が少なく比較的開けた場所だった。

半円形に陣を組んで攻撃してくる彼らは、うまく自分たちの地の利を生かしているようだ。

「うろたえるな、照準を定めて一斉に狙え！」

リーダーと思《おぼ》しき男が号令を下し、構えられた無数の銃口から弾丸が一斉に射出された。

何の変哲もない普通の銃弾に混じって、青白く淡い光の弾が残像を描きながらこちらに飛んでくる。

これが例の兵器から撃ち出された弾丸だというのは容易に想像がついた。弾の軌道を読み、レティシエルは目視で回避する。

とはいえ亜空間魔術を常時展開していることもあって、普段の動きに比べてほんの少しだけ速度が遅くなっている。

なのでレティシエルは木々の間をすり抜けることで、うまく被弾を避けていく。向こうが地の利を活用するなら、こちらもそれを利用するだけだ。

幹がギシギシと音をたてる。通り抜けた弾によって風穴が開いた樹冠。周囲の木々に被害は及ぶが、その弾丸はレティシエルには当たらない。

しかし一発だけ運が悪いことに、レティシエルが回避した先の地面に照準が合わさっていた。咄嗟《とっさ》にレティシエルは自分を包み込みように球体の結界を発動させる。

半透明の白い壁が周囲を取り囲み、次の瞬間白い光線は鋭い閃光《せんこう》を放ちながら結界に正面衝突した。

「これは……」

謎の白い光線と激突した結界魔術が重々しく震え、展開した結界に細いひびが一本だけ入った。

(アルマ・リアクタを使った軍事兵器の噂《うわさ》は本当だったようね……)

結界を破壊できるほどの威力ではないとはいえ、レティシエルの術式にひびを入れられるとは、人間に当たったら一発で消し炭だろう。

第二弾は間髪容《い》れずに撃ち込まれてきた。結界を修復し、レティシエルは身体強化魔術をもって光線を避け、時にシールドで撃ち落とす。

撃ち落とされた光線は、轟音《ごうおん》とともに地面に風穴を開ける。

その風穴の中に銃弾の残骸がないことにレティシエルは気づいた。あれが実弾ではないのなら、魔法魔術の類いのものなのだろうか。

しかしそれにしてはレティシエルが知っているどの力とも特徴が一致しない。魔法はこれほど高い威力を発揮することはできないし、そもそも術式の発動も見られないから魔術でもない。

錬金術という可能性もなくはないのだが、錬金術もまた特殊な陣の媒介を経て魔力と魔素の融合を図る。

あの兵器のトリガーを引いたときから着弾するまで、保有者の兵士たちがそんなそぶりを見せたことはなかった。

「今だ！　たたみかけろ！」

謎の兵器による集中砲火が続く中、敵の号令が下される。レティシエルが立ち止まったから、おそらくチャンスだと思ったのだろう。それまでともに狙撃に参加していた一般兵たちが、剣に持ち替えてこちらに切りかかってくる。

さらに狙撃兵たちの後ろからも、別の兵士たちが二十人近く躍り出る。通常武装の兵たちとは違った鎧をまとい、手には銀色の剣を持っている。

前後ともに刃がついている、両刃型の剣だった。持ち手の付け根、つばの中央に銃型と同じオレンジ色の宝玉が嵌まっており、銃型の兵器と同系統のものだと推測できる。

なるほど、つまり例の兵器には近距離用と遠距離用の二つのパターンが存在しているということか。

兵器による攻撃とともに、一般兵たちも果敢にこちらに切りかかってきている。

発射された白い光線は、たとえ進行方向に味方がいても、その体に当たる直前にぐるりと方向転換をし、味方を迂回《うかい》してからレティシエルに向かってくる。

もしやあの兵器、敵味方を選別する機能でも搭載されているのだろうか。それか特定の対象に直接照準を当てているのか。

(……面倒ね)

レティシエルは思わず眉間にシワを寄せた。

兵器による単体攻撃も、一般の兵士たちの攻撃もそんなに苦労するものではない。しかしそれが二つ同時に発生すると対応が複雑化する。

一瞬の思考。

結界魔術を最大出力で維持しつつ、レティシエルは小規模な魔術で応戦することにした。ただでさえ亜空間魔術の並行発動で、術式制御は少しだけ面倒になっているのだから、意味もなく大規模な術式を使うこともないだろう。

それに一発一発はなんとかなっても、万が一複数の光線が一か所に集中したら、弱めた結界では破られる可能性がある。

結界に割かれる魔素と制御のほうが圧倒的に多くなるので、同時に使える術はそこまで強力ではないが、普通の兵士の相手をする分には十分だろう。

「おい、魔道士！　無事か！」

そのとき、レティシエルの後方からやぶを踏み分ける複数の足音とともに、レティシエルと一緒に出撃してきた王国兵たちが駆け付けてきた。

その声が終わるか終わらないうちに、敵兵の一人が新たにやってきた男たちに向けた銃型兵器のトリガーを引いていた。

とっさにレティシエルは結界魔術の有効範囲を二倍に拡張する。

王国兵たちに向かってまっすぐ飛んできた白い光線は、半透明の結界に弾《はじ》かれ、ジュッと音をたてて木々の枝葉を焼きながら空へ跳ね返っていった。

危ない危ない……。不確定要素の乱入に焦って、亜空間魔術の制御が一瞬崩れそうになってしまった。

「いきなり飛び出してこないでください、危険です」

「す、すまん」

「私は問題ありません。みなさんこそ、敵兵は？」

「さっきの連中ならなんとか殲滅《せんめつ》した。今何人かうちの怪我人《けがにん》を森の外に運んでる」

「そうですか」

駆け付けた味方の中には、腕や足に傷や包帯が見える人もいたが、ひとまず甚大な被害を出すことは免れたようだ。

そのことに少し安堵《あんど》し、レティシエルは敵から視線をそらさないまま無詠唱で魔術を発動する。

レティシエルの足元に橙色《だいだいいろ》の魔法陣が出現し、少しずつ拡大していく。拡大していけばいくほど陣内には複雑な文字や記号が刻まれていき、周囲に茂る木々がまるで呼応するように風もないままガサガサと揺れ動く。

「お、おい、すぐにその場を離れろ！」

危険を察知した部隊長が指令を飛ばしたが、それが敵兵全員に行き届くより先にレティシエルの術式は完成していた。

大地が震えた。木々がざわめき、鳥が一斉に飛び立つ。

轟音の中、地中から無数の蔓《つる》が姿を現す。実際の植物ではなく、レティシエルが魔術で生み出した蔓だ。

「う、うわあああ！」

「な、なんなんだこれ！」

自由自在に動き回る蔓に足を絡めとられ、一部の兵士たちはしなる蔓に振り回されるまま、この場から投げ出される。

レティシエルが狙ったのは、通常武装をした兵たちである。特殊兵器を持たない一般兵であれば、他の王国兵たちに任せることは可能だろう。

通常兵器と特殊兵器の同時対応が手こずるのなら、物理的に二つの兵力を分断してしまえばいい。

「皆さん、銃とあの謎の兵器の見分けはつきますよね？」

「あ、ああ、そりゃあ、ずっとあれと戦ってきたからな」

なるほど、つまり工国軍と帝国軍の技術力の差の一例が、あの謎の兵器ということか。

「でしたら皆さんは銃を持つ敵を重点的に狙ってください。兵器のほうは私がやります」

「銃のほうって言ったって、あんな遠くから撃たれたんじゃ近づくこともできないんじゃないか？」

「通常であればそうでしょうが、ここは森です。樹木などの障害物が多い分、銃は狙いを定めにくくなります」

これはレティシエルの実体験ではない。かつてナオが自分の故郷について語ってくれたとき、銃の話題で出た話だ。

「それに銃にはどうしても弾の装塡《そうてん》というタイムロスがあります。先ほどまでの戦いから見て、相手が使っている銃は三弾装塡のもののようです。三発撃てば弾切れとなり、新しく弾を装塡しなくてはなりません」

「さ、三発撃てばしばらく止まるってことか？」

「ええ。ですからタイミングを計れば装塡時間を突いて近づくことは難しくないはずです」

それに銃というのは遠距離で力を発揮するが、近距離戦闘には対応していないので間合いに入れば途端に扱いにくくなる。

「接近戦に持ち込んでしまえば、敵は銃を放棄せざるを得ません。そうなればこちらにも勝機があります」

「な、なるほど……！」

「やれるかはわからんが、やらないよりはマシだな」

戦いに慣れているだけあって、最初は戸惑いを見せた兵士たちもすぐに情報を呑《の》み込んで頷《うなず》いた。

それを確認し、レティシエルはすぐさま敵兵の間合いに飛び込んでいく。

銃の照準が森では合わせにくいのはそうだが、それは魔術のコントロールも同じことである。だから森での戦闘では、魔術を使うにしても至近距離から攻撃したほうが効率が良い。

「ぎゃあああ!!」

魔術で召喚した蔓が鞭《むち》のようにしなり、レティシエルに剣を突き刺そうと突進してきた男の横腹を打った。

至近距離で放たれた鞭の攻撃はその兵の鎧《よろい》を砕き、体の肉をえぐりながら彼を近くの木の幹に勢いよく叩《たた》きつけた。

振り抜いた勢いを残したまま蔓はさらに加速し、レティシエルの背後を取ろうと剣を振り上げている敵兵の体に巻き付く。

「がはっ！」

ギリギリと締め上げてくる蔓に骨を砕かれ、敵兵は口から血を吐きながらその場に崩れ落ちる。

「う、うわぁぁ！」

恐怖の限界に達したのか、錯乱した帝国兵がやみくもに剣を振り回して切りかかってくる。

それを振り向きざまに土で構築した盾で弾き返し、横を駆け抜ける勢いに乗せて敵の胸に石の槍《やり》を突き刺した。

森の中をレティシエルは踊るように縦横無尽に駆け回る。彼女が通った場所には敵兵の悲鳴と血と遺体だけが転がっていく。

「……なんなんだ、あの娘は」

後ろのほうから若干何か聞こえたような気もするが、耳元を駆け抜ける風の音にかき消されてよく聞き取れない。

「散開しろ！　四方から包囲するんだ！」

敵のほうもレティシエルの行動にすぐさま対策を立てようとしている。

兵器の保有兵たちが一斉にレティシエルを取り囲もうとしているが、そもそもこちらのスピードについていけていないようだ。

その様子を一瞥《いちべつ》し、レティシエルは強く地面を蹴って跳躍する。

身体強化が施されたジャンプは頭上に広がる樹冠の枝にまで容易に届き、枝をつかむと、レティシエルは反動をつけてさらに跳ぶ。

着地地点は、帝国兵のちょうど背後。一瞬の移動に、帝国兵たちはこちらを振り向いたばかりだった。

その隙をレティシエルは逃さない。

レティシエルの前方に、十を超える紫色の槍が出現する。全ての槍は、黄金に輝く稲妻をまとっている。

先ほど樹冠の枝から跳んだとき、着地後即使用できるよう用意していた雷属性の攻撃魔術である。

放たれた紫色の槍たちは、それぞれ別々の敵兵の体を貫通する。

「あがっ!?」

「ぐぅ!」

槍は敵の体を傷つけるのではなく、貫通と同時に無数の稲妻となって弾ける。

そして男たちの全身を覆った稲妻は二つに枝分かれし、さらに別の兵士の体へと魔の手を伸ばしていく。

雷魔術を形状固定し、分裂効果と拡散効果を付与した魔術である。

本来は稲妻を誘導する術式も組み込む必要があるのだが、謎の兵器の所有兵たちは、金属製の鎧を着ている。

だからわざわざ誘導機能を付与しなくても、彼らの体温と着ている金属鎧によって半自動的に分裂した稲妻は他の鎧に引き寄せられていく。

体から煙を立ち上らせ、稲妻の攻撃を喰《く》らった敵兵はバタバタと倒れていく。

自軍の兵士たちが、一瞬にして半数近く倒された様子を目の当たりにして、残りの帝国兵たちは怖気《おじけ》づいたのかジリッと後ずさっている。

そのとき、敵軍の後方から何かの黒い影が複数躍り出てきた。

逆光で顔までは見えないが、金属製の鎧を着ている。手には大剣のようなフォルムの大きな武器を持っている。

「！」

敵の増援部隊が着地した場所にレティシエルは息を呑んだ。そこは銃持ちの帝国兵相手に戦う味方軍もいる戦場だった。

「なんだ!?」

「空から人が?!」

案の定、王国兵たちは突然現れた敵の援軍にたじろいでいた。その一瞬の隙を見逃すほど、敵もバカではない。

「死ねぇぇ!!」

そう叫びながら、援軍として現れた敵は近距離用の兵器を振り下ろそうとしている。

レティシエルはすぐさま手のひらに灰色の光球を圧縮出現させ、軌道を計算してそれを投擲《とうてき》する。

まっすぐ飛んでいく灰色の球は、敵がまさに振り下ろそうとしている兵器の剣筋の先を寸分たがわず通過する。

キィイン！

そして振り下ろされた剣は、タイミング良く通過した灰色の球と衝突し、甲高い金属音を奏でた。

あの灰色の球は、土魔術をベースに固めて生成した礫《つぶて》であり、濃度と硬度を高めるために無属性の強化魔術で表面をコーティングしてある。

「くっ！」

押しに負けたのは敵兵のほうだった。球の強さに、謎の兵器剣が弾き返されたのだ。

「……この、邪魔をするな！」

攻撃を放ったレティシエルの存在に気づき、相手はすぐにターゲットを切り替えてこちらに突っ込んできた。

「……へえ？」

勢いよく振り下ろされた一撃をかわし、レティシエルは小さく感心するような呟《つぶや》きをこぼした。

重そうな外観に似合わず、振り下ろされた剣筋は予想していたものよりも速かった。もう少し避けるのが遅かったら当たっていたかもしれない。

遠距離用のものと同じ宝玉を使っているから、この速さも重さもそれによる強化のたまものなのだろうか。

その威力、どれくらいのものだろう。レティシエルは手にいくつか石の槍を構築すると、試しにそれらを敵に投げつけてみた。

「なめるな！」

飛来する槍を正確に捉え、敵兵の男は素早く剣を振り下ろす。その動きに無駄はない。戦い慣れている人間らしい。

石の槍はそのまま男の顔面に向けて飛んでいくが、それが彼に刺さることはなく、槍は彼に届く前に綺麗《きれい》に真っ二つに割れ、後方の木の幹に深く突き刺さった。

（……なるほど、さっきの一撃で槍を切ったのね）

「ひるむな！　勝てない相手ではない！」

それにより勢いがついた魔導兵たちは、レティシエルが放つ石の槍を叩き切りながらレティシエルの四方を取り囲んだ。

「ふん、これで終わりだ」

「……」

「あんたが何者かは知らねえが、もう小細工は効かねえぞ」

「……あら、それはどうかしら？」

自身の魔導兵器で魔術を断ち切れたから、彼らはもうレティシエルがなすすべもなくなっていると思っているらしい。

不敵な笑みを浮かべるレティシエルに何か予感したのか、帝国兵たちが一斉に身構える。

しかしそのときにはもう、レティシエルの術式は完成していた。

大地が大きく震えた。波が押し寄せるような轟音《ごうおん》とともに地面が激しく揺れる。

当然タイミング良く地震が起きたわけではない。レティシエルがこのあたりの地面一帯に展開した魔術を発動したのだ。

石の槍を剣で切ることができても、そもそも立っている地面そのものが不安定になれば、いくら強力な武器を持っていても意味がない。

直立できず男たちは地に膝をつけた。地面に剣を突き刺して体勢を立て直そうとしている者もいるが、焼け石に水だった。

「なっ、地震!?」

「直接攻撃ができないのなら、間接攻撃をするまでよ」

揺れはさらに激しくなり、地中から無数の鋭い棘《とげ》状の土槍《どそう》が無作為に土を食い破って生えてくる。

敵もすぐさまそれに気づいて対応しようとするが、激しい揺れのせいで武器を構えることはおろか、立つことすらままならない。

「うぐっ」

「ぐあぁ……」

無作為に出現する土の槍が敵兵たちの体を貫いていく。彼らが全員物言わぬ骸《むくろ》になるまで、それほど時間は必要なかった。

最後にレティシエルは、今まさにこちらに駆け付けようとしている敵の援軍に右手のひらを突き出す。

手のひらを中心に、薄紅色の五芒星《ごぼうせい》が複雑に入り組んだ術式が浮かび上がる。それは二匹の赤い竜の形に変わり、敵の進路の前を風のように駆け抜けて消える。

ゴガァァァアン！

爆音とともに巨大な赤い火の壁が大地から噴きあがった。その衝撃で炎が燃え盛っている場所の地面は大きく割れ、ミシミシと音をたてながら広がっていく。

森の中が戦場だと火の魔術は基本厳禁なのだが、この炎は周囲に引火しないよう調整している。

と言っても実際に燃えているのはほんの一部で、赤々とした光と煙の大部分は術式を複合して陽炎《かげろう》のように見せているだけなので、人間が通り抜けても火傷《やけど》一つ負わないが。

千年前では子どもだましにもならない方法だったが、魔術の心得がない帝国兵を騙《だま》すくらいは容易だ。炎の壁と地面を引き裂く震動に、前進していた敵軍の陣形が崩れる。

陽炎を挟んだ向こう側から、帝国兵の遺骸の中一人立っているレティシエルは、どんなふうに映っているのだろう。

「ひ、引け！　撤退だ！」

戦地の後方で増援に来ようとしていた敵の大軍は、自らの前で裂けた地割れにどよめき、号令とともに一目散に退散していった。

帝国側が何を思ったのかはわからないが、全軍でかかってもレティシエルに勝てないと踏んだのだろうか。

「……や、やった」

「引いた？　引いたのか？」

「俺ら、勝ったのか？」

王国軍の兵士たちは、まだ目の前の状況を呑《の》み込めていないようだった。もしかして、開戦以来ここまで早く帝国軍を退却させたことがなかったのだろうか。

「……やったぞ！」

「俺たちの勝ちだ！」

数拍遅れて、兵士たちの間で歓声が上がった。

一戦勝っただけで戦争自体はまだまだ終わっていないのに、ちょっと喜ぶのが早すぎるような気がしたが、思えばこの世界では戦争なんて久しく起きていない。

せいぜいラピス國《こく》とのスフィリア戦争が十数年前にあったくらいで、基本この世界の人たちは戦争に対して千年前ほどの極限の緊張と恐怖を感じないのかもしれない。

（スフィリア戦争のときはそもそも負け戦だったものね……）

そんなことを思い返して納得した。

近くにいた兵士に話を聞いてみると、やっぱり今回の戦いが王国軍初の勝利だったらしい。被害総数も敵の撤退までの時間も、最も少なかったという。

心底嬉《うれ》し気にしている兵たちの中には、レティシエルのところに来て再三お礼を言ってくる人までいる。

それをかわしつつ、レティシエルは敵の武器回収に向かう。

戦場には銃や剣などの普通の武器とともに、持ち主を失った謎の兵器たちも多く転がっていた。

しかし心なしか数が少ない気がする。視認できるもので遠距離用と近距離用、合わせて数個しかない。

所持兵の数はもっと多かったはずなのに……。一番近くに落ちていたものを、レティシエルは拾い上げてみた。

「……？」

持った瞬間、違和感を覚える。謎の兵器は、想像していたよりもずっと重かった。

しかしここまで重い物を持っていながら、所有兵たちはむしろ一般兵たちよりも迅速に動けていた。

兵器がこの重さなら、レティシエルでも身体強化魔術を使わなければ動きや速度が制限される。まして彼らは鎧《よろい》などの防具も着込んでいた。

かと言って所有兵たちが、特別訓練を受けている様子もなかった。体格も技術も、一般兵とそう変わらない。

（どうやって、こんな重いものをあんな軽々と振り回せていたのかしら？）

疑問に思いつつ、レティシエルは拾い上げた遠距離用の銃型兵器、そのトリガーを軽く引いてみた。

ピシッ。

「！」

トリガーはまったく動かなかった。何かにひびが入るような音がした。

それが、トリガー部分が割れた音だと気づいたときには、すでにひびは兵器の全体に広がっていた。

急いで修復魔術を施そうとしたが、兵器の崩壊は止まらない。本体に入ったひびは一瞬で細かく枝分かれし、やがてレティシエルの手の中で砕け散った。

「……消えた？」

レティシエルの手には、魔導兵器が崩れたときに発生した、わずかな粉末だけが残されていた。

（いったい、どういう……）

消滅してしまうとは予想していなかった。兵士の数に見合わず残された魔導兵器の数が少ないのは、すでに大半が消えてなくなったからなのか。

しかしなぜ勝手に消えてしまうのだろうか。持ち主の手を離れたら崩壊するように設定されているのか？　それとも別の仕組みが……？　考えてみたが現状ではよくわからなかった。王国にある知識だけでは見当がつかない。

ともかく戦場にいつまでもとどまるのは危険なので、ひとまずレティシエルは隊に号令をかけて撤収させる。

帰りの道中、隊はずっとどこかしらで歓声が上がっていた。もはや得体の知れない魔道士の小娘についてくる目も好意的なものに変わり、不審不安を向けてくる人はいなくなっていた。

「……」

しかしレティシエルは先の戦いを冷静に分析していた。兵たちは浮かれていても、それに迎合することはできるはずがない。

味方の被害を最小限に食い止めることができたのは良いが、それはこの戦争における根本的な策ではない。被害を抑えられても、反撃の手段がなければ勝ち目はない。

(その点、あの兵器たちの対策が一番の課題となるわよね……)

今回の戦闘で観察する限り、少なくとも近距離用の刀剣型のものと、遠距離用の銃型のものの二種類が存在するようだ。

銃のみを持参していた兵も半分ほどいたので、その武器が帝国の全兵士に行き渡っているわけではないのだろう。使用後に兵器そのものがバラバラに分解されていたので、もしかしたら使い捨てなのかもしれない。

確かにあの妙な兵器に魔術は十分対抗できるし、今のまま帝国軍の統制が乱れた状態では、レティシエル一人でもどうにか自軍の守りをカバーできる。

しかし帝国軍の統制がいつまでも乱れているとは限らない。もし敵が統率を取り戻して攻撃してくれば、さすがにレティシエルでも対応できなくなるだろう。帝国の兵器に対応できる方法を、早急に王国軍に持たせなければならない。

(……あんなのにどうやって対抗したらいいのかしら?)

味方軍の歓声がまだ鳴り止《や》まない中、レティシエルはあごに手を当てて一人眉をひそめて考え込んでいた。

＊＊＊

陣地に戻れば、前線からの知らせが前もって届いていたのか、早速兵士たちは浮足立っていた。

ひとまず戦果を報告しに行くべく、レティシエルはライオネルのテントまで直行するが、道中ですれ違う兵士たちの視線がどうも気になって仕方ない。

早朝に陣地を出たときには、どこの馬の骨かもわからない若い女などに戦などできるのか、とあからさまに顔をしかめる者、鼻で笑う者、憐《あわ》れむような目で見てくる者などがほとんどだった。

「……あ、よくぞご無事で」

「おい、見ろ、例の魔道士様だ」

「一人で何十人もの敵を相手に圧勝したって？」

「すごいな……」

「いや、本当にあの少女にそんな芸当が？」

それが戦いに勝って戻ってくれば、一転してその一部が態度を変えている。

もちろんレティシエルの戦果が信じられない人もいて、そういった二種類の感情が遠慮もなくこちらにザクザク刺さってきている。

一から十まで怪しまれている分には、それ以外の感情が向いてこないから気にならないが、こうもいろいろ感情が入り混じってくると落ち着かない。

(千年前でも、こういう状況は苦手だったわ……)

かつて戦争に追われていたあのときも、他国との連合軍で戦争に参加するときに、よその国の兵たちから良《よ》し悪《あ》し入り混じった感情をぶつけられることには慣れなかった。その視線はまるで自分が、戦うための兵器として品定めされているような感じで……というのはどうでもいい話だけど。

「殿下、シエルです。ただいま戻りました」

「どうぞ入ってください」

足早に総大将のテントまでやってくると、レティシエルはライオネルの返事を待ってさっさと中に入る。

テントの入り口をくぐると、テント内にライオネルのほか数名の男たちが作戦机を囲んでいるのが見えた。

男たちはみんな屈強な体と高い身長を持ち、革鎧を着込んで腰には剣を下げている。王国軍の幹部たちだろうか。

「よくぞ戻りました、シエル殿。戦果については一足先に報告を聞きましたよ」

「はい、帝国兵の撃退を終え、ただいま帰還いたしました」

勢揃《せいぞろ》いしている幹部たちの中にも、レティシエルに好意的な者とそうでない者がいるらしい。

感心しているようにこちらを観察している人もいれば、本当にお前如《ごと》きがそんな戦果を挙げられたのかと疑惑の目を向けている人もいる。

「おかげで我が軍の被害も最小限に抑えられました。本当にありがとうございます」

「当然のことをしたまでです。礼を言われるようなことは何も」

「それでもあなたがいなければ、此度《こたび》の勝利はなかったでしょう。さすが父上が見込んだだけのお方ですね」

「もったいないお言葉にございます」

ライオネルがどこか満足そうに一つ頷《うなず》いた。具体的な傷兵の数は数えていないが、昨日見せてもらった数字記録からして、確かに今回が一番少なかっただろう。

幹部たちの前だからなのか、ライオネルがやたらこちらのことを褒め上げてくる。

レティシエルは王家の派遣によって遣わされた魔道士ということになっている。おそらく同じ王家の者として、レティシエルの有用性を公衆に知らしめたいのだろう。

「戻ってきて早々申し訳ないのですが、戦場での状況について報告していただけますか？」

「はい、かしこまりました」

ライオネルに促されつつ、レティシエルは戦地での出来事などについて簡潔に報告する。敵の総数や味方の被害、戦闘中の互いの兵の能力差や有効陣形など。

「なるほど、やはり帝国軍の武力に追いつくことができればこの戦い、我が国の勝利もあり得ないものではないようですね」

「それについてですが、一つ殿下に伺いたいことがあります」

「なんでしょう?」

「帝国兵の装備を再利用するのはいかがでしょうか」

レティシエルの提案に、一瞬ライオネルも幹部たちも怪訝《けげん》そうな表情を浮かべた。

「帝国側の装備ですか……しかし例の兵器は……」

「あの兵器……仮に魔導兵器と呼ばせていただきます。あれが消滅してしまうことは存じています」

むろんあの魔導兵器を再利用できるのであれば一番いいのだが、現状あの武器は持ち主の手を離れると他人では起動できないと思われる。

しかし全ての帝国兵が魔導兵器を保有していたわけではない。数にして半々、一般武装の兵も少なくなかった。

さしずめ帝国兵の中にも階級があり、謎の兵器を与えられるのは上級の兵たちではないかと思われる。

通常の剣や銃でも、帝国のものと王国のものとでは質に天と地ほどの差がある。こちらは使用に制限はないのだから、それを使わない手はない。

「……あぁ、そうか。失礼、私としたことが失念していました」

しまったとライオネルは自分の額を押さえた。多分、これまでの戦いでは生き延びて防衛することに手一杯で、帝国軍の武装の詳細にまで目を配る余裕がなかったのだろう。

ましてや兵力的にも技術力的にも敵《かな》わなかった相手に対して、その考えはあっても武器を奪おうなんてそもそも実行しようとはしないはずだ。

「でしたら殿下、我々のほうで戦地の武器を回収して――……」

「それには及びません、すでに回収済みです」

初老の幹部の発言を遮り、レティシエルは言った。遮られた本人から睨《にら》みが飛んできた。

「回収済み？　そんな荷物があるなど報告は受けておらぬぞ」

「それは当然でしょう、兵たちは与《あずか》り知らぬことですので。殿下、こちらの机を使用させていただけますか？」

「もちろん、構いませんよ」

ライオネルの許可が出ると、レティシエルは亜空間魔術を発動する。

縦に長い作戦机の上空が一瞬歪《ゆが》み、次の瞬間その歪みから次々と銃が出てきて、ゴトゴトと机の上に落ちた。

「!?」

突然空中から現れた武器たちに、魔術のことを知っているライオネル以外の幹部たちが目をむいた。

「こちらが回収した帝国兵の銃になります」

構わずレティシエルはライオネルに報告を続ける。

「今回の戦闘で帝国兵が使っていたこれらの銃は、どうやら狙撃に適したタイプのようです。一部やむを得ない事情により破壊してしまったものもありましたが、可能な限りは復元して持ち帰っています」

内側から爆発して大破させたものはさすがに無理だが、単純に銃口を封じたり銃身を切断しただけのものは魔術で修復してある。

「いつ見てもシエル殿のその力は素晴らしいですね」

「お褒めに与《あずか》り光栄です」

「しかしこれが銃か……さすが本家のものは違うな。早速研究に回そう。これがあればこちらの技術に取り込めるようになりますね」

我が国では結局まともなものは作れていませんし、とライオネルはため息を吐《つ》きながら小さく笑った。

公爵領でメイが銃剣を使っていたのは見たことがあるが、確かあれの銃部分は装弾数一発で、なおかつ照準がガバガバと見かけ倒しの銃だと聞いたことがある気がする。

「銃の製法は帝国側が頑《かたく》なに開示しようとしてきませんでしたが、これだけの数のサンプルがあれば、我が軍の武器のアップグレードにも役立つでしょう」

「銃弾については特に制約はなさそうでした。戦場でも兵によって撃っていた弾の種類は違っていたので、王国製の弾丸でも使えるかと思います」

「それにはまず国産弾丸の強度を上げませんと。今のままでは撃ち出せても威力は発揮できないでしょう。銃弾のサンプルはないのですか？」

「申し訳ありません、私の手元には……しかし今回の戦いで銃創を負った兵が数名おりますし、摘出した銃弾でしたら入手できるかと」

「でしたら私のほうで治療部隊に通達をしておきましょう」

「それと訓練についてはいかがいたしますか？　剣に比べれば銃のほうが素人にも扱いやすいでしょうが、それでも狙撃をするには技術が必要でしょう」

「なら銃を扱う部隊を新しく編成しましょう。ひとまず銃の操作も訓練も、その隊を最優先に行えば確実に即戦力になるはずですからね。シエル殿、銃の扱いに自信は？」

「……銃を扱った経験はないので何とも。お望みとあらば訓練しますが？」

「いや、今はまだ問題ない。こちらの戦力増強が安定するまでは、まだまだあなたに頼らなくてはなりませんから」

まるでボールを投げ合うようにポンポン会話を進めていく第二王子と若き女魔道士に、その場に居合わせた幹部たちは唖然《あぜん》と見守るしかなかった。

もはや途中から彼らは二人の会話のスピードについていけなくなっており、今となっては完全に蚊帳《かや》の外である。

第二王子が戦争に対して博識で知恵深いのは皆わかっている。第二王子が勤勉であらゆる学問をそつなくこなす秀才であることは、昔から国民の間で知られている。

しかしその第二王子との会話にやすやすと加わり、あまつさえ時々王子にアドバイスさえしているあの少女はなんなのか。

美しい銀色の髪をした娘だ。まとったマントから出ている白い腕は華奢《きやしゃ》で細く、武器をまともに握ったこともなさそうで、外にすらほとんど出たことがなさそうな印象を受ける娘である。

左右で異なる色の瞳に赤色の不吉を宿し、その来歴から何から何まで謎に満ちた小娘。たとえ王家の授けるブローチがあっても怪しいことこの上ない。

小柄でいかにも箱入り娘のような風貌の女魔道士に、当初好意的な目を向ける者はいなかった。女がこんなところへ何をしに来たのか、戦場は遊び場ではない、こんなのを派遣してきた王家は何がしたいのだ、とまで言う者もいた。

しかし男たちは彼女の能力を見誤っていたことを悟る。

どう見ても第二王子とさほど変わらない年齢なのに、目の前で戦略を語る彼女の仕草や雰囲気は歴戦の戦士、あるいは軍師そのものだった。

「銃の訓練については殿下のほうにお任せしても大丈夫ですか？」

「ええ、大丈夫ですよ。ただこちらも完全には勝手がわかっているわけではないので、シエル殿も何かあればいつでもアドバイスしてください」

「わかりました。それでしたらまず、銃の構えのことについて――……」

第二王子と女魔道士の会話はまだ続いている。

その会話を聞きながら、男たちもまた感心するように自軍の柱を担う二人を見守る。その視線には、すでに少女の能力を疑うものはなかった。

四章　魔導兵器

レティシエルが王国軍に加わって二日、つまり開戦から七日が経過した。

帝国軍の勢いは未《いま》だ衰えを見せていないが、相変わらず攻撃は敵隊によってバラバラだ。おかげで王国軍も被害を出しながらも持ちこたえることができている。

レティシエルも戦いに奔走しているのだが、心のうちでは常に帝国軍の兵器に対する対抗策を考えていた。

今はまだ抵抗できても、三日後にそれが続いている保証はない。消耗が激しいのも劣勢なのもこちら側で、向こうはまだ本気を出してすらいないのだから。

兵力差は現状どうにもならないとして、せめて帝国軍が操る謎の兵器はどうにかしたい。そうするだけでも王国側の負担は軽くなるはずだ。

昨日と同じくレティシエルは戦陣に駆り出され、無事敵軍を退けて陣地に戻ってきた。

しかし例の兵器に対抗する有効な手立ては未だ考え付いていない。

現状わかっていることは、あの兵器はおそらく所有者を失う、あるいはその手を遠く離れた段階で機能が停止するように設計されているだろうこと。実弾ではない特殊弾を使っていること。そのくらいだ。

「……」

その一方で、レティシエルは今の自分に何とも言えない感覚を覚えていた。

戦場に赴くたびに、レティシエルの中で膨れ上がっていく感覚がある。戦場に立ち、敵を屠《ほふ》り、味方を激励する。遥《はる》か昔の前世では日常のようにとがらせていた様々な感覚。こちらの時代に来て、少しずつ忘れつつあった感覚。

その感覚のおかげで、今回の戦いでもうまく味方の援護や戦術作戦において貢献できているのは確かだが、取り戻せて喜ばしい感覚でもない。

「……いや、しっかりしなさい、私」

すぐさま首を振ってレティシエルは自分に言い聞かせた。

それでもレティシエルは戦わなければいけない。それが今の自分に課された責務であり期待だ。

ならば今はその期待に応えなければならない。そこに個人の感情は必要ない。

まずはあの兵器の仕組みをどうにかして調べなければならないだろうが、普通に回収しようとしてもガラクタと化し、消えてしまうのがあの魔導兵器だ。

「……入手方法か」

「おう、どうやら今帰ってきたらしいな」

地面に視線を落として考え事をしながらレティシエルが自分のテントに戻ろうとしてい

ると、誰かが前方から声をかけてきた。

なんだと思って顔を上げると、鎧《よろい》を装備したルーカスがよっと軽くこちらに手を挙げてみせる。

「あれ？　学園長――……」

「待て、ここでその呼び方はよせ」

レティシエルの言葉を遮って、ルーカスは目でも否を伝えてくる。

確かに冷静になれば、この場でレティシエルが彼のことを学園長と呼ぶのは危険だと理解できた。

王国軍において、レティシエルは正体不明の魔道士『シエル』として名が通っている。帝国軍が調べようにも、おそらくそれ以上の情報は出ない。

しかしルーカスがルクレツィア学園の学園長をしていることは、味方であれば大半は知っている。敵も調べようと思えば調べられる。

そのルーカスを『シエル』が学園長と呼べば、それは彼女がルクレツィア学園の生徒であることを公言しているようなものだ。

「失礼しました。それで、ルーカス様はいつこちらに？」

「今朝着いたばかりだ」

空を見上げれば、東の空には地平線から完全に姿を見せたばかりの太陽が輝いている。

今朝は日の出前に前哨《ぜんしょう》から奇襲の報告がもたらされ、まだ薄暗い中迎撃に向かった。レティシエルはその帰りだった。ルーカスとはちょうど行き違っていたようだ。

「本業のほうは問題ないのでしょうか？」

「あぁ、下の連中に業務はすでに引き継いだ。会議でも必要事項は通達してあるからしばらくは問題ないはずだ」

学園長と生徒という関係性を出さないよう、レティシエルは単語には注意しつつ学園のことを聞いた。

ちなみに休校にはしていないらしい。このタイミングの休校は生徒や教員の不安をいたずらにあおるだけなので、可能な限り普段通りの環境を保ったのだという。

「ところで、さっきは何を呟《つぶや》いてたんだ？　入手方法とか何とか聞こえたが」

ルーカスがそう聞いてきた。どうやら先ほどの呟きは聞かれていたらしい。まぁ、聞かれて問題があるものではないから構わないけど。

「それについては、今の王国帝国戦争の状況を共有すれば理解してもらえると思います」

「わかった、聞こう。どのみちライオネル殿下のところまで情報を聞きに行くつもりだったしな」

兵たちの通行の邪魔にならないよう脇に避けて、レティシエルはこれまでの王国軍の情報をルーカスに伝える。

帝国軍が使っている魔導兵器とその威力について、それらによって王国側が受けた被害のデータについて、敵の統率の混乱による団結力の弱さについて、戦争の理由と帝国の現情勢との関連性について。

レティシエルが参戦するより前の戦いについての詳細情報は、ライオネルから聞き及んだことだけ話したが、詳しい話は本人から聞けるだろう。

「つまり、敵がまだ結束を固めてないおかげで、今はまだ戦力差はあっても戦線を保っていられてるってことだな？」

「そういうことです。と言ってもこの状況がずっと続くかどうかは未知数です。帝国軍のこの統率力の低さには帝国国内の情勢も噛《か》んでいると思われますし、そちらについてはまだ調査中です」

「なら今回の戦いの総大将は誰だ？　こちらを攻撃する軍隊には、帝国軍全体の指導者とは別のリーダーがいるはずだろ？」

「それについては軍のほうでもまだマークをしたばかりです。ディオルグ・ブルッグボーンという男で、帝国領第三十三地州の総督をしているそうです」

その情報がもたらされたのは昨日の夜で、そのディオルグという男の詳しい情報はまだそろっていないが。

イーリス帝国は複数の州にそれぞれ統治者を置き、その統治者らを皇帝が統率しているという仕組みだ。第三十三地州は、地図で確認する限りプラティナ王国との国境ではなく、むしろラピス國《こく》の国境に沿うように存在している。

「総督か……侵略が目的ではなさそうだな」

「ええ、自分の領地が王国と隣接もしていないのでおそらく。何か野望を秘めている可能性のほうが高いと思います」

「そう思う理由は？」

「今の帝国の情勢です。どうやらこのディオルグという総督は、昔から王国に否定的な立場を取ってきた者のようで」

ライオネルの密偵が現状持って帰ってきている情報によると、レティシエルの予想通りやはり帝国軍内では味方同士の対立が起きていた。

帝国はプラティナとの同盟を破棄したが、そもそも上層部は同盟破棄に消極的だったらしい。しかし各地方の総督たちの一部は『魔法なる邪《よこしま》な術を使う国』の殲滅《せんめつ》を提唱し、結局それが採択された。

近年のイーリス帝国は皇帝や元からの意思決定機関である議会の権力が弱まり、代わりに地方を治める総督たちが権力と軍事力を獲得していた。

皇帝がお飾りになり、総督の権限が強くなれば、当然今度は総督同士の争いが激化していく。

どうやら帝国内では未だ再同盟派の総督と、戦争派の総督が対立しており、この戦も戦争派の中でも過激派の総督が、動かない自軍に痺《しび》れを切らして勝手に動いたことがそもそもの始まりだったらしい。

「なるほど、そんなことになってたのか」

「ええ。しばらく牽制《けんせい》する分にはまだ大丈夫でしょうが、このまま膠着《こうちゃく》状態を続けさせるわけにもいきません」

「その牽制にもまずは敵の兵器を攻略しないといけないってことだな。対策、ないんだったよな？」

「ええ、ありません」

だが対策がないことは戦争においては致命的であることを、レティシエルは身に染みてよくわかっている。

それはルーカスにもおそらく理解できている。何しろスフィリア戦争時の呪術兵がそうだった。何の対策も理解も得られず、王国はただ負けるほかなかった。

未知の力とこのままずっと睨《にら》み合いを続けても仕方ないのだ。知らないことがあるなら、理解しなければ敵への戦略も立てられない。

「それなら開発部のテントに行ってみたらどうだ？」

するとルーカスがそんな提案をしてきた。開発部……開発部？

「開発部、ですか？」

「ああ、兵器開発を担当してる小隊が組織されてるんだ。ここで俺たちが話し合ったところで進展は期待できないだろ？」

なんでも今回の王国軍の中には、兵器開発部という、名前の通り武器防具の製作や開発を専門に行う小隊が組まれているという。

一刻を争うこの戦況では、王都で悠長に研究なんてしている余裕はないため、危険を冒してわざわざ戦場地帯に兵器開発部隊を設けたのだ。

「武器の話をするのなら、その手が専門の奴《やつ》らに話を聞いたほうが早い」

「そうですね。確かに、対抗策を練るとなると彼らとも話をする必要がありますね」

「このあとすぐ行くのか？」

「ええ、もちろん。明日まで待つ時間がもったいないですから」

「そうか。ならついて来い、案内してやる」

「……？　ルーカス様がですか？」

「ああ、俺もちょうど兵器開発部に用があるんだよ」

歩き出したルーカスについてレティシエルも陣地の中を進む。

ルーカスは義手の件で開発部に話があるのだという。戦場でもし義手が破損することがあれば、修理するのは開発部の仕事になる。事前に話を通しておきたいらしい。

「ここだ」

ルーカスが立ち止まったのは、王国陣地の一番南側にある一角だった。

総大将のものと同じくらいの大きさのテントを中心に、複数の小さなテントが寄せ合うように設置されている。

「失礼、邪魔するぞ」

中央のテントの入り口をルーカスはくぐっていった。レティシエルもそれに続く。

テント内は大量の机や椅子で雑然としていた。他にも資料を入れる棚や武器や設計図が差し込まれた木箱などもある。

真ん中にあるひときわ大きな机には、製作途中の銃や細かい絵や数値が書かれた紙などが散乱し、数人の研究員が作業にいそしんでいた。

「はい、どうしました？」

ルーカスの声に答えて、奥から青年の声が返ってきた。声質からしてずいぶんと若い
……というか、この声もすごく聞き覚えがあるのだが……。

「おう、悪いなこんなときに」

「いえ、こちらこそなかなか手が離せず……あれ？」

遅れてこちらにやってきた声の主は、並んで立っているレティシエルとルーカスを見て目を丸くしていた。レティシエルも、多分彼と同じ顔をしているだろう。

「……ジーク？」

「ドロッセル様……？」

しばらく前から学園で姿を見なくなっていたジークが、まさか戦場に出向いていたとは思ってもいなかった。

「私はシエル、国王陛下の特命で派遣された魔道士です。はじめまして」

しかしすぐに気持ちを立て直し、レティシエルは素知らぬ表情を浮かべてジークに右手を差し出す。

王国軍の一員として戦う限り、レティシエルは『シエル』だ。そして『シエル』はこの場所で知り合いは存在しないし、ジークのことも知らない。

「……あぁ、はじめまして、シエル様。兵器開発部に所属しています、ジークと申します。よろしくお願いします」

レティシエルの意図を察し、ジークは真剣な表情でこちらの握手に応えてくれた。

「……それで、ジークはどうして王国軍に？」

一応他の人たちに会話が聞こえないよう声を落とし、レティシエルはジークに質問した。

「ご覧の通り、兵器開発の人員として見出《みいだ》されたんですよ。私の研究分野は数字や機械との相性が良い分野ですから」

未成年でしかも学生を起用することに対しては反対する気持ちもなくはなかったが、今のこの人手不足の中、綺麗事《きれいごと》ばかりも言っていられないらしい。

「……そういえば、機械いじりは得意だといつか言っていたわね」

こちらの時代に転生してきて、学園で最初にジークに会ったときも彼は機械室で機械整備にいそしんでいた。

「故郷にいた頃から機械を扱うのは好きでしたよ。機織りの才能はなかったのですが、紡績機の整備とかはよくやってました」

「そうなのね……」

「王都にある機械はやっぱり村のものよりずっと複雑ですし、それが面白くて機械室にはよく行ってるんですよ」

なんでもジークが学園で行っていた研究は数学関係で、同じ数字という関連で銃の照準計算や大砲の軌道測定など、兵器開発の技術研究も行っていたのだという。

現状自国製の兵器の精度が全て実践で使用できるレベルに達していないこともあり、ジークの研究はとても注目された。

入学式のときに上等生がジークに声をかけていたけど、研究に興味を持っているということは彼らも同じことを考えていたのかもしれない。

「兵器研究の分野では、実はちょっとした有名人なんだぜ。去年もジークの研究論文が学会で評価されて、天才やら何やらで大騒ぎだったたな」

「そんなに大げさなことではありませんから……というかやめてくださいって」

そう言ってガシガシと豪快にジークの頭を撫《な》でるルーカスに、ジークはむっと顔をしかめてそれを避けようとしている。

（そんな実績があったなんて……）

ジークの経歴にレティシエルは地味に驚いていた。去年というとすでにレティシエルたちと出会っていただろうが、あのときは何も知らなかった。

話をさらに聞いてみると、どうやらジークは前々から兵器開発の業界ではそこそこ名の知られた人物だったらしい。

なんでも先鋭的で斬新な案を出してくる若き研究者として有名で、彼が考案したり試作したりした武器は使いやすいものが多いのだという。

そもそもルクレツィア学園に特待生として入学したのも、数学や機械的な知識を買われてのことであり、だからこそ入学と同時に研究室を与えられ、授業に出席することも免除されていた。

（……ナオも同じことをしていたな）

ふと千年前の出来事を思い出す。

ある日突然空から降ってきたナオは、レティシエルたちには知り得ない不思議な武器の情報や作り方などを知っていた。

それだけでなく政治面でもその知識が大いに威力を発揮していたから、彼もまた国中から一目置かれていた。

「ナオ……」

「シエル様？　どうかしました？」

「……なんでもないわ。ごめんなさいね、話を脱線させてしまったわ」

不思議そうにしているジークにそう言い、レティシエルは話をいったん終わらせる。

ジークは特に訝《いぶか》しむことなく本題に入った。

「それで、ご用件は？　話があるのですよね？」

「……私のほうから話していいんですか？」

「構わんよ、俺はただこの義手の整備のことを相談しに来ただけだからな」

手袋をつけたままの左手を軽く一振りし、ルーカスはまた左手をズボンのポケットの中に戻した。

「今日ここに来たのは他でもない、魔導兵器のことを相談したくて」

「魔導兵器？　えっと、帝国軍が使ってる例の妙な武器のことですか？」

「あぁ、ごめんなさい。私が勝手にそう呼んでいるのだけど、その武器のことよ」

「それでしたら私のほうでも個人的に研究しています」

どうやらジークもここに来たときから帝国の魔導兵器には着目しており、それで通常の研究作業の合間に調査をしていたようだ。

　もっとも、全体としてはまだ情報不足や、自軍の装備強化のほうが優先されていることもあって研究プロジェクトとはなっていないらしいが。

「とはいえ、王国側の武装では魔導兵器には太刀打ちできないので、情報収集どころじゃないところはありますけど」

「そうね、かなり難しい兵器だわ。どこまで役に立つかはわからないけど、私が見聞きした兵器の情報は共有するわ」

「ええ、ぜひお願いします」

　ちょうど後ろにあるテントの入り口から白衣の青年が戻ってきた。レティシエルたちは入り口横の棚の付近に移動し、話を再開する。

「……なるほど」

　一通り話し終わると、ジークはあごに右手を添え、今まで聞いた話を咀嚼《そしゃく》するように思考にふけった。

「いろいろ興味深い話ばかりですね」

「そう？　役に立つといいのだけど」

「ええ、貴重な情報ですよ」

　これまで王国軍は、帝国軍の侵略を押し返すことに手一杯で魔導兵器を持つ兵士との具体的な戦闘データなどはあまり取れていなかったらしい。

「だが、まずは例の兵器の仕組みがわかんなきゃ話が始まらんだろう」

「ですね。ただそれにはまだ情報が足りないような――……」

「それについてですが……」

レティシエルとルーカスの会話をジークは控えめに遮った。

「私のほうである仮説を立てています」

「仮説？」

「ええ。ちょっと、こっちに来てもらえますか？」

そう言ってジークは自分にあてがわれているであろう作業机に戻る。レティシエルとルーカスもそれに続いた。

机の上には一枚の紙が広げられていた。そこには何かの武器の図や数式がびっしりと書き込まれている。

「この図……帝国の魔導兵器？」

「そうです」

「でも、あの武器は回収できないんじゃ……」

「あ、違うんです。出撃した兵士たちに話を聞いて、それをもとに描いたものです」

描かれた遠距離用の魔導兵器の図を指差しながら、ジークはそう答えてくれた。仕組みの情報は得られずとも、確かに王国兵たちは人一倍魔導兵器を目撃しているだろう。

「話を聞く限りだと、魔導兵器の起動や攻撃時にはこの中央の宝玉が反応するのだと聞いています」

「ええ、その通りよ。実弾が装塡《そうてん》されている様子もないし」

「それです、それが鍵なんじゃないかと思ったんです」

そう言いながらジークは図面に描かれている宝玉の部分を指差す。

「兵士の方たちから集めた話ですけど、どうもこの宝玉が光るとき、魔導兵器そのものもわずかに光るらしいんです」

「そうなの？」

「まぁ、夜じゃないとはっきりとは見えないんだろうな」

「宝玉と兵器本体の光は、いわゆるエネルギー供給によるものじゃないかと思うんです。でも外部から供給されている様子はない。だからエネルギーは内部か、あるいは兵器と接続している兵士本人からのものの可能性が高いと思います」

「……魔力か？」

眉間にシワを寄せ、ルーカスはそう言って腕を組んだ。

レティシエルも同じことを考えていた。兵士本人から供給できる、エネルギーとなり得るものは魔力しか思い至らない。

「……あ」

「シエル様？　何か心当たりが？」

「魔導兵器を使っていた敵兵たち、みんな両腕に妙な腕輪をつけていたわ。戦場でどうして邪魔になるようなものをつけてるんだろうって、不思議だった」

「もしかしたら、その腕輪がエネルギー供給と関係しているのかもしれませんね……」

ジークがレティシエルの言葉を引き継ぐようにそう呟《つぶや》いた。

（……ということは、所有者とあの腕輪さえあれば、あの魔導兵器は消えずに稼働するということかしら？）

まだ確証はないけど、それが本当なら魔導兵器の回収にも対応できそうである。次に戦場であの兵器と相まみえることがあったら、検証しておく必要がありそうだ。

「それにしても、よくその仕組みを思いついたわね」

「前に学園長の義手を研究させていただいてましたから、それで思いついただけですよ」

「……？　ルーカス様の義手を使わせてもらえたの？」

「ええ、軽く内部構造を調べただけですが、快く許可してくださいました」

「……」

なんとなくルーカスのほうに視線を向けると、本人はスッと若干こちらから目をそらしている。

レティシエルは二回研究を要請したのに却下されたが、ジークはすんなりルーカスの義手の研究を認められている。なんだろう、この信用度の差は。

「ともかく、ここで憶測ばかり並べていても埒《らち》が明きません。シエル様、どうにかして起動している魔導兵器を手に入れてくださいませんか？」

「わかった、回収方法はこちらで考えるわ」

「お願いします」

「起動さえしていればいいのよね？」

「……できれば綺麗な状態で回収してくれると助かります」

念のため確認をしたら、なぜかジークは困ったような呆《あき》れたような微妙な笑顔を浮かべた。もしや大破させて回収してくると思われているのだろうか。

それは心外だ。いくらなんでも貴重な研究材料なのだから、レティシエルもそんなぞんざいな扱いをするつもりはない。

もっとも、それは穏便に回収できれば、の話ではあるけど。

＊＊＊

帝国の魔導兵器に関する研究は、翌日ジーク主導で早速本格的なプロジェクトとして始まった。

と言ってもまだ肝心の兵器本体が入手できていないので、詳細なデータはまだまだ少ない。

「ありがとうございました、殿下。早急に対応していただいて」

「お礼を言われるようなことではありません。我が国の勝利に必要なことを、どうしてあとに残しておく必要がありますか」

総大将のテントで、レティシエルはライオネルと向き合っていた。

ゆうべのうちに魔導兵器研究のことをライオネルに報告したら、早朝に起きたときにはすでに全軍体制でプロジェクト始動が通知されていた。

さすがというべきか、仕事が速い。

「成果は期待できるのですか？」

「現状では情報も何もかも不足しているので、確実なことは何も言えないかと」

「……そうでしょうね」

小さく微笑《ほほえ》みを浮かべるライオネルの表情に驚きも落胆もない。おそらく予想していたのだろうが、一応聞いてみただけだろう。

「シエル殿」

「なんでしょう」

「君が兵器開発のほうにも尽力してくれることは、我が軍にとっても有益なことであることは私も理解しているつもりです」

いきなりライオネルはそんなことを言い始めた。意図がいまいち見えず、レティシエルは心の中で首をかしげる。

「それでも、君の存在が今の我が国の戦況を支えている事実は変わらない。出動要請は、これまでと変わらず出すことになるでしょう」

「……」

表面上は穏やかな笑みを崩していないが、レティシエルを見るライオネルの視線は無感情だった。信頼というより猜疑《さいぎ》の色のほうが強いように感じられた。

もしかして兵器開発の手伝いをすることで、戦場での役目を放棄することを心配しているのだろうか。わざわざ釘《くぎ》を刺されずとも、戦場で決戦兵器としての役目を投げるつもりなどないし、ライオネルを裏切るつもりもないのだが。

「これからも、我が軍の勝利に貢献していただきたい」

「わかっています、殿下。私は私の果たすべき役割をまっとうするまでです」

「……」

「では、失礼します」

レティシエルが入り口をくぐるまで、ライオネルはずっと黙っていた。

こちらを見送る視線に、どこか申し訳なさそうな感情があるような気はしたが、一方でそれはどこか義務的な印象を受けた。

テントを出ると、レティシエルはその足でそのまま兵器開発部のテントに向かった。今日は今のところまだ出撃要請はかかっていない。

「……あれ？　こんにちは、シエル様」

開発部にやってくると、ジークは相変わらず一番奥の机に座っていた。

昨日はかなり他の人もいたが、朝だからか人はまばらだった。おかげでジークはすぐにレティシエルの来訪に気づいた。

「こんにちは、ジーク。なんだか人が少ないのね」

「まだ朝が早いですからね。もう少ししたらみんな来ますよ」

「……？　日の出からかなり経《た》っているけど？」

「あぁ、そういうことではなく、開発部の人たちは徹夜で研究にいそしむ人も多いんです」

だからそういう人たちにとって、今はまだ休息に入ったばかりなんですよ、と自分の目を指で押しながらジークは言った。

「目、痛むの？」

「あ、いえ、気にしないでください。昔から時々痛むんです」

そう言いながら、ジークは自分の紫の左目をさする。そういえば緑と紫と左右に色が違う目の下にはうっすらとクマが見える。

「……もしかして、ジークも徹夜？」

「え？」

「……徹夜なのね」

「……はい」

少し眉をしかめてみせると、ジークは素直に自分の徹夜を認めた。道理でクマができていると思った。

「昨日、話したことについて？」

「ええ。対策法は少しでも早く生み出せるのなら、それに越したことはありませんから」

「……でも、無理はダメよ、ジーク」

ジークが急ぐ気持ちもわかるが、その感情に実際体がついてこられるかは別問題だ。体調が崩れたら、いくら気持ちが焦っていても何もできない。

「研究も対策法も大事だけど、それで体を壊してしまっては意味がないわ。この研究はジークが要なのよ？　でもあなたの体は、一つしかないの」

「シエル様……」

「だからお願い、今は休んで。研究は魔導兵器を回収したあとに、いつでも再開できる。

でもあなたの体調は待ってくれない」

「……そう、ですね」

レティシエルの言葉を聞いて、ジークは少し気まずそうな笑みを浮かべて首の後ろを軽く掻《か》いている。

「わかりました、では私も少し仮眠することにします」

「うん」

「ありがとうございます、シエル様。ご心配をおかけしました」

「気にしないで、私が好きで心配してるだけだから」

「……」

なぜかジークがポカンとした顔でこちらを見つめ返してきた。

これにはレティシエルも首をかしげる。実際これはレティシエルの勝手な心配だし、何を驚くことがあるのだろう。

「……？　ジーク？」

「え？　あ、い、いえ、何でもないです！」

声をかけてみたら、なぜかとても慌てていた。若干耳が赤いような気もするが、実は熱でもあるのか。

「……？　じゃあ、私はそろそろ行くわ。邪魔しちゃって、ごめんね」

「あ、はい……いえ、気にしないでください」

若干挙動不審に見えなくもないジークの様子を訝《いぶか》しみながら、レティシエルはとりあえず彼と別れて兵器開発部のテントを離れる。

特に最後のほうは、急にどこかぎこちない感じになっていたが、どうしたのだろう。もしかして睡眠不足が祟《たた》ったのかしら？

「あ、いたいた！　シエル殿、ここにいましたか！」

しばらく歩いていると、前方から革鎧《かわよろい》を装備した兵士が駆け寄ってきた。

「何か御用ですか？」

「おうよ、出撃命令だ。陣地南西方向に敵の小隊を確認した、こちらまでたどり着く前に殲滅《せんめつ》しろと」

「わかりました、すぐに向かいます」

呼びに来た男性兵と一緒に、レティシエルはすぐさま陣地の北口に向かう。ここを抜けた先が、主戦場であるスルタ川沿岸部だ。

出撃する予定の兵たちは、すでに綺麗《きれい》に陣形を組んで待機していた。どうやらレティシエルが一番最後だったらしい。

「すみません、遅くなりました」

「いや、気にすんな、大したことじゃない」

馬に乗った将軍に一言告げに行くと、何でもないようにヒラヒラと手を振ってきた。

本当に、初回の戦闘以来軍の人たちの態度が驚くくらい変わったな……。そんなことを内心思いつつ、レティシエルは軍に随行して出撃した。

場所は出発地より北東に位置する、スルタ川の水深が浅く歩行でも軽く渡渉できる川辺の平原。

「……誰もいねえぞ」

「先攻部隊が戦ってるんじゃ……？」

道中知らされた情報では、王国の先攻部隊が一足先に帝国軍と交戦状態に入っている、ということだった。

しかし実際にその場所には誰もいなかった。でも戦闘は行われたようで、川沿いには武器や死体、血痕が飛び散っている。

（……先攻部隊はどこに？）

素早く戦場跡をレティシエルは観察した。

情報によれば、先攻部隊は百人を超える隊だったという。しかしこの場所には、確かに王国兵の装備の遺体はあるが、数が合わない。

遺体を運んだというのも現実的ではない。戦場周辺でも、遺体は見かけていないのだから。

（となると、あと考えられるのは捕虜にされたか……）

先攻部隊が全滅していないのだとしたら、敵軍に敗北して生存兵は全員捕まった可能性が圧倒的に高い。

探索魔術を発動させる。この場所に血痕が残されているということは、血の跡をたどっていけば敵の行方がわかるかもしれない。

血痕の赤茶色に限定して探索をかけた結果、跡はレティシエルが予想していた通りある方向に向かって伸びていた。

「将軍、少しよろしいですか？」

「ん？　なんだね、シエル殿」

レティシエルは今しがた得た探索結果と自分の推測を将軍に伝える。先陣はすでに敗れ、一部捕虜になっている可能性があることを。

「んー……、なるほどな」

それを聞いて、将軍はゆっくりと吟味するようにあごひげを撫《な》でた。

「ならすぐに救助に向かおう。早ければ早いほど良いだろう」

「待ってください。確かに早急な救助は必要ですが、この大人数で向かうのは得策ではないかと思います」

早速指示を出そうとする将軍をレティシエルは止める。

この戦場に来て、レティシエルは資料やライオネルからの話で自分が来る以前の戦況についても頭に入れている。

レティシエルが来る以前にも同じく味方が捕虜となり、それを救助に行ったケースがあった。しかしその戦いでは、王国軍は敗北している。迅速に行動していたにもかかわらず、捕虜の救出に失敗している。

「ではシエル殿はどうしたいのだ？」

「今いる隊の中から、優秀な兵を数名お貸しください。十人程度で構いません」

「十人、とな？」

「はい。この戦場の状況を見るに、先攻部隊と敵軍の交戦が終了してからそこまで時間は過ぎていないでしょう。もし本当に捕虜にしたのであれば、敵軍はこちらの襲撃をまだ警戒しているはずです」

先のケースでの失敗の原因は、ひとえに捕虜たちの身を案じて事を急いだことにあるとレティシエルは考えていた。

確かに捕虜の命はいつまでも保証されるものではないが、敵軍も奪還を警戒している。早く救助すればいいというわけではない。

「だからあえてその警戒に乗ってみるのはいかがでしょう？　私に考えがあります」

「そうか……。わかった、シエル殿の作戦に乗ろう」

レティシエルが詳しい作戦内容を語ると、将軍はそう言って頷《うなず》いた。すぐ近くにいた兵士に何か耳打ちし、その兵は他の仲間たちのところに向かっていく。

しばらくすると、将軍のところに十人ほどの兵士たちがやってきた。レティシエルとともに行動することになるのは彼らのようだ。

「では将軍、よろしくお願いします」

「ああ、健闘を祈る」

将軍にあとを任せ、レティシエルは十人の兵を連れてスルタ川の浅瀬を渡る。

「……なあ、魔道士。どこに向かってんだ？」

「森です」

「敵陣はそっちじゃないだろ？」

「このあたりは開けています。ダイレクトの接近は気づかれる可能性が高いので」

だから少し遠回りになっても、身を隠す場所に事欠かない森を進んだほうが良い。森に入り、兵士たちには中腰になって進むよう指示する。

探索魔術が発動したままの視界の隅には、赤茶色の血痕が映り込んでいる。その血痕が向かう方向を意識して進む。

しばらくすると、二つの森に挟まれた平らな草原に、木組みの柵で囲まれた敵陣が見えてきた。規模からして、何千人もいるような大所帯ではなさそうである。血痕はあの陣地の中へと消えていっている。

「おい、どうするんだ？　奇襲するか？」

「もう少し待ってください。じきに味方の軍が来るはずですから」

敵陣の背後に忍び寄るように回り込みながら、レティシエルは耳を澄ませていた。

その場でじっと息をひそめていると、やがて地響きと轟音《ごうおん》が聞こえてきた。将軍が兵を率いて敵陣に突っ込んできた音だ。

それを確認し、レティシエルは探索魔術の検索対象を変更する。探索するのは、敵の陣地内の人間の数と位置。陣地の最北西部。そこにあるテントの中に、不自然に大勢の人間が詰め込まれていることがわかった。

（……あそこね）

ほかに人が密集しているテントはないし、そもそも捕虜をバラバラの場所で監禁するとも考えられない。

自軍のほうを確認すると、将軍は打ち合わせ通りに立ち回ってくれているようだった。味方軍は、敵と戦っているように見えて、実際には逃げることに全力を注いでいる。

「行きましょう」

自分について来ている兵たちに合図すると、彼らは全員頷いてレティシエルと一緒に森から飛び出した。

向かうのは敵陣北側の入り口。南側の入り口で将軍らが敵を引き付けてくれているおかげで、北側の警備は比較的手薄だった。

「な、なんだ貴様ら……ぐあ」

声を上げようとした番兵は、話し終わるより先に小刀で首を掻き切られていた。血が付いた短剣を拭う。

「皆さんは味方の救助に向かってください。場所はあの一番奥に見えるテントです」

「え？　あんたは？」

「ここで敵の注意を引き付けます。皆さんは救助が終わったらすぐに撤退してください。しんがりは私が務めますので」

「わ、わかった！」

男たちはすぐにレティシエルが示したテントに向かっていく。

それと同時にレティシエルは、後方での騒ぎに気づきつつある帝国兵めがけて巨大な光球を投げつける。

光球が炸裂《さくれつ》し、一瞬世界が真っ白になる。目くらましに使う光魔術で、先手必勝で敵の視界を一時的に奪うと、レティシエルはすぐさま動く。

「な、なんも見えねえ！」

「何がどうなって……ざゃああ！」

視界を奪われて右往左往している敵兵の一人の肩から血が噴きあがる。

そして光が霧散する頃にはもう一人。帯刀してきていた短剣に風の術式を刻み、レティシエルは敵を無力化していく。

(……よし、作戦通りね)

まずはレティシエルが少人数の兵を率いて敵陣に向かい、遅れて将軍ら残りの兵が敵陣に向かって進軍する。

正面から敵が突っ込んでくれば、警戒していてもインパクトは強力だ。それに王国軍には前科があるし、敵の油断も誘いやすい。

そうして正面の陽動の裏でレティシエルの隊が捕虜を救出する。それがレティシエルの提案した作戦だった。

「……くっ、喰《く》らえ!」

いち早く視力を取り戻した兵士が切りかかってくるが、レティシエルの敵ではない。

振り下ろされた剣は結界によって弾《はじ》かれ、同時にレティシエルが放った無属性の衝撃波は、兵士の体にぶつかって彼を吹っ飛ばした。

「敵襲だ！　上等兵を！」

敵兵の誰かが叫んでいる。その叫びが終わるや否や、何かの影が空中高く飛び上がるのが見えた。

何が来るのかは、すでに予想できている。レティシエルが二重の結界を展開したのと、近距離魔導兵器を装備した敵兵が降ってきたのは同時だった。

ガキィイン！

魔導兵器の刃と結界がぶつかり、甲高い音をたてる。

弾かれたのは魔導兵器のほうだった。弾かれた衝撃を利用してその敵兵は空中で一回転し、そのまま地面に着地する。

（……どうにかして、あの魔導兵器を回収できないかしら）

せっかく目の前に魔導兵器が登場してくれたのだ、研究は早く始められればそのほうがいいだろう。

昨日の結論では、魔導兵器を消滅させずに回収するには所有者を生かしておく必要がある。方法はあるが、準備から発動までに少々時間がかかる。

「生きては帰さん！」

魔導兵器の所有兵……魔導兵はそう叫んで再び攻撃してきている。とりあえず結界や弱い魔術で時間を稼ぐことにしよう。

「俺らも続け！」

そこへ周囲にいた一般兵も戦いに加わってくる。

銃弾を撃ち落としたり、剣を避けたりと直接攻撃は避けつつ、レティシエルは着々と術式の準備を進めていく。
魔導兵のほうもバカではないようで、レティシエルが何か企《たくら》んでいることを察している
らしい。あらゆる方法を駆使してレティシエルの動きを止めようとしている。
しかしレティシエルは気に留めない。こちらの動きを止めたとしても、術式を刻むこと
は止めることはできないのだから。
キィン!
横払いに振り抜かれた近距離魔導兵器を、シールド結界で受け流して弾く。
受け流された反動か、魔導兵がほんの数秒だけ体勢を崩した。
(……今!)
魔導兵の動きが止まったその一瞬の隙を狙い、レティシエルは準備していた術式を発動
させる。
淡い黄色に光る半球の膜がレティシエルを中心に展開され、霧のように周囲を漂う。
レティシエルの周囲にはさらに小さな結界が展開され、結界の外の空間……敵兵たちが
いる空間には強い風が渦を巻いて消えた。
「なっ……」
驚いたのも一瞬、空間内の空気を吸った兵たちの瞳から少しずつ気力が消えていく。
レティシエルが魔術と併用したのは、王国で流通している睡眠薬であった。本陣で見つ

けたものを、敵の無力化に使えるかもしれないと拝借していたのだ。

液状の薬だが、一人用のものでもちろん普通は範囲攻撃には使えない。しかしレティシエルは空中にまいた睡眠薬を炎属性の魔術で包んだ。

温度上昇により蒸発した睡眠薬の効力を無属性魔術で補強し、それを周囲一帯に風を巻き起こすことで散布したのだ。

魔導兵はそのまま地面に倒れ伏して気を失った。周辺にいた敵兵も全員である。そこに数人残っていた味方兵が集まってくる。

いつの間にか捕虜の救助を終えたものと思われる。味方を逃がしたあと、数人が戻ってきたらしい。

「こいつは？」

「運んでください。その横に転がってる兵器も一緒にお願いします」

「魔道士、捕虜のほうも逃がし終わった。どうする？」

「撤収します。用は済みましたので」

救助が成功したことを確認し、レティシエルは光球を一つ上空に打ち上げる。

大して攻撃力を持たない、ただ光るだけの球だ。それは頭上高くまで昇り、ひときわ大きく光ると四方に光をまき散らした。

これで将軍の隊に撤退合図を出すことができた。生け捕りした魔導兵器の保有兵数名を連れてレティシエルたちは早急に敵陣を離脱する。

「どうであったか！」

森に紛れて戦場から遠く離れると、一足早く合流地点に来ていた将軍がこちらを見つけて早口で聞いてきた。

「成功しました。ご協力ありがとうございました」

「おお！　そうか！」

実際に捕虜の兵たちも助け出すことができ、魔導兵器も回収できた。

今までにない成果に将軍は満足げだった。追手が来る前に、レティシエルたちは迅速に本陣に戻った。

王国軍の陣地に戻ってくると、レティシエルはすぐさま兵器開発部のテントまですっ飛んでいく。

「ジーク、いるかしら？」

入り口をくぐるとレティシエルは単刀直入にそう聞いた。いきなりやってきたレティシエルに、入り口付近にいた研究者たちは驚いていた。

「あれ？　シエル様？」

背後から声が聞こえた。振り向くと、金属の部品が入った木箱を抱えたジークが、レティシエルの後ろに立っていた。動きやすい作業服姿だ。

「あ、外に出ていたの？　中にいるのかと思って」

「すみません、武器を組み立てる部品を取りに行っておりまして。それより、何か用があるんですよね？」

「例の魔導兵器、回収できたわ。そのことを伝えに」

「本当ですか!?」

レティシエルの報告に、ジークが素っ頓狂な声を上げた。今日一番大きい声かもしれない。

「ええ。でも、ここに持ってはこられない。ジークに来てもらわなくてはいけないわ」

「わかりました。ちょっと待ってくださいね」

すぐにジークは自分の机まで飛んでいき、机の上を軽く片付けて兵器開発部メンバーの証《あかし》である白衣を拾ってまた戻ってきた。

「お待たせしました、行きましょう」

ジークと一緒にレティシエルは兵器開発部のテントを出る。そのままテントの間をあちこち移動し、最終的に一つの小さなテントまでたどり着いた。

「ここよ」

レティシエルがやってきたテントには、厳重な見張りがついている。中に入ればさらに見張りが二人いて、奥の寝台に戦場から連れてきた帝国兵が横になって眠っている。

「単体での回収も、所有者死亡での回収もできないから、所有兵を眠らせているの」

「なるほど。それもシエル様にこそなせる技ですね……」

機密の関連で直接は言わないが、多分魔術のことを言っているのだと思う。

プラティナ王国には睡眠薬は存在しているが、広範囲に複数の人間に催眠効果をもたらす方法は存在していないのだから。

眠っている敵兵の手には、彼が所持していた近距離型の魔導兵器が握られたままになっている。握らせておかなくてはならないわけではないが、近くには置いておかないと風化してしまう可能性があるので、念のため手に持たせている。

「これが……」

魔導兵器本体には触れないように、ジークは寝台のそばにかがみ込むと兵器をジッと観察し始めた。

その様子を横目に見つつ、レティシエルは懐から薬のビンを取り出し、中の液体を数滴手ぬぐいに染み込ませて敵兵の顔にかぶせる。発動させた複合魔術によって睡眠薬が気化し、催眠効果の持続時間を延ばすためである。

「やはり、見た感じの構造は学園長の義手によく似ていますね」

「燃料は魔力であると？」

「ええ、間違いないでしょう」

だから持ち主を失ったり、離れたりすれば朽ちて消滅してしまうのか、とレティシエルは納得した。

「この腕輪を取り外して解析できないのが残念ですが、この裏のものを見てください」

眠る兵士の腕輪をジークは少しだけ持ち上げて隙間を作る。

そこから裏側を覗《のぞ》いてみると、何やら宝玉のようなものが埋め込まれているのがうっすら見えた。そこまで大きなものではなく、兵の腕にピタッと密着している。

「もしかして、この宝玉と兵器本体のオレンジ色の玉が連動しているのかしら？」

「その可能性が高いかと」

この宝玉が肌に触れているからこそ、そこから持ち主の魔力が魔導兵器に供給されるようになっているのかもしれない。

「エネルギーが魔力だとすれば、弾として撃ち出したり、剣にまとわせているものは魔力の塊ということかしら」

「おそらく。魔力そのものじゃないとしても、それに近いものでしょう」

「魔力を弾くとなると、私には魔素くらいしか思い当たるものがないのだけど……」

「それは私も考えたのですが、一般兵たちが短期間で扱いきれるとは思えません。それに魔力と魔素による人体へのリバウンドのこともありますし」

「そうよね……。錬金術みたいに魔力を外に抽出できれば、話は別だけど……」

「……あ、そうか！」

ふいにジークがあっと声を上げた。どうやら今の会話で何かヒントをつかんだらしい。

「……？　何か思いついたの？」

「ええ。でもまだ仮説の段階なので、もう少し詳しく詰めてみないと……しばらく時間をください」

「わかった、殿下には私から伝えておくわ」

「ありがとうございます。あ、それから……シエル様にも力を貸していただきたいのですが」

「私？　私が役に立てるの？」

こっちは魔導術式の計算は得意でも、武器や兵器の構造やら計算式については疎いのだが……。

「はい。むしろ私一人では完成させられない箇所が出てくるはずですので」

そう言ってジークは自信満々に頷《うなず》いてみせた。

＊＊＊

魔導兵器の対策研究がスタートして、あっという間に一週間が経過した。

「うわっ!!」

「おい、前に出すぎるな！　下がれ下がれ！」

帝国側の兵士の怒鳴り声がかすかにこちらまで届いてくる。王国軍の反撃に思うように進軍ができていないようだ。

「敵が陣形を崩した！　このチャンスを逃すな！」

「おぉぉぉ！」

現在位置から俯瞰《ふかん》できる前線では、王国軍を率いて敵兵を蹴散らしているルーカスの姿が見える。

さすが救国の英雄が指揮しているだけあって、王国兵たちの士気はかなり高い。もしかしたら今まで出撃した戦いの中で一番高いかもしれない。

「左右だ！　左右から回り込め！」

戦場の中心地からは少し外れているこの場所にまで敵の声が響いてくる。

前線を見るための探索魔術の発動をいったん中断し、レティシエルは頭上を見上げて太陽の位置を確認する。

レティシエルが今いるこの場所は、戦場となっている川沿いの草原のすぐ横にある小高い丘の中腹である。木々はあまりなく、大きな岩などがむき出しになっている荒れた場所でもある。

身を隠すのに適していないと判断しているのか、この丘には敵兵が一切近寄ってこない。

実際隠れるのに最適な木々がないむき出しの岩場は、兵の潜伏場所には向いていない。

しかしレティシエルはあえてその盲点を突いてここを選んでいる。

「シエル殿、準備が整いました」

「わかりました。では所定の位置に」

後ろから近づいてきた自軍の兵に頷き返し、レティシエルは小声で指示を出す。

レティシエルが連れてきている王国兵たちはその指示を受け、事前に指定しておいた位置までそれぞれ移動していった。

「……」

それを確認し、レティシエルは再び探索魔術を使って戦場の様子を観察する。

事前に打ち合わせた通り、ルーカスは敵の動きに合わせて違和感なく少しずつ戦線を後退させている。

その意図的な後退には気づかず、合わせるように敵軍も徐々に前に出てきており、もうじきこの丘の前方を通り過ぎようとしている。

(あと、少し……)

目を凝らしたまま、レティシエルはジッとその時を待つ。

敵の最前部はますます王国軍のほうに近づいている。兵たちが進み、レティシエルの隊が隠れている全範囲内に収まった。

（……よし）

待ち望んでいたタイミングが来た。その一瞬を見逃さず、レティシエルは前方に向かって結界魔術を展開する。

それは高速度で左右に広がっていき、自軍が待機している全ての場所を守るように包み込んだ。

「……！　全軍下がれ！」

結界の発動により、丘でキラリと光がまたたくのが見えた。

それが見えると同時に、ルーカスは全軍に後退の命令を出した。自身よりも前に出ないよう徹底させていたので、命令から行動完了までは速かった。

結界魔術が発動するとき、一瞬だけ収縮した光の魔素が光を集めて輝く。そのときの光を信号弾代わりに使っているのだ。

「な、なんだ――……」

「うがぁぁ！」

次の瞬間、丘に一番近い位置にいた敵兵たちが一斉に悲鳴を上げて倒れた。

王国軍の一小隊が潜んでいる丘からは、若干の煙のようなものが見えている。銃による攻撃である。

「弓兵、攻撃開始！」

号令を出せば、事前に後衛に下がって準備をしていた弓兵たちが一斉に弓をつがえ、敵軍に向かって矢を放つ。弓部隊の兵力は数千人程度だが、それでも敵にとっては十分に脅威となる数の矢を飛ばすことは可能だ。

「ぐあっ！」

「盾だ！　盾を装備しろ！」

横からの銃攻撃と、正面からの弓攻撃。挟まれるような形になった帝国軍の統制は急速に乱れていった。

混乱する帝国軍に、さらに王国軍による弓攻撃が降り注ぐ。自軍の前線では盾を装備した兵たちが守りを固め、弓兵たちの安全を守っている。

「……」

その光景を、岩陰からレティシエルは確かに見届けていた。隠れるのに向いていない、というのは隠れることが不可能であるということではない。

確かに大勢が身を隠すことは難しい岩場だが、少人数であれば十分隠れられる空間が存在する。この丘には大きな岩が多い。岩の陰はうまく活用すれば木々にも負けない隠れ場所になり得るのだ。

「ななな、何が起きてる!?」

「散開しろ！　一か所に固まるな！」

「ど、どこからだ!?」

一部の帝国兵は丘から銃を構えるこちらの部隊に気づき反撃を試みているが、指揮系統の混乱によりそれは焼け石に水であった。

「撤退だ！　撤退しろ！」

「引け引け！」

やがてこれ以上損害を出さないためか、帝国軍が自軍に撤退命令を出した。

なし崩しに戦場から離脱していく帝国軍に、レティシエルは味方軍に追撃しないようにと指示を出す。ここで帝国軍残党を追撃しても今後の戦況にはさほど影響は与えない。王国軍の武装や物資もギリギリ保っていられる程度だし、早急に戦地を離脱するべきだろう。もともと戦地に長くとどまることは危険だ。

「おお、シエルか、お疲れ」

本軍と合流すると、本軍を率いて戦ったルーカスが出迎えてくれた。

「うまくいったな」

「はい、成功して良かったです」

ざっと本軍の兵士たちの様子を観察してみるが、どうやら射撃攻撃に巻き込まれた味方兵はいないようで安心した。

「銃の使い勝手はどうだったんだ？」

「悪くはなさそうです。短い練習期間ながら皆さんよくものにしてくださったと思います」

自分が率いていた隊の兵たちを振り返り、レティシエルは答えた。

魔導兵器に対抗するための武具の開発を待つ間、レティシエルもただ戦っていたわけではない。出撃する戦いで可能な限り敵の銃を回収し、自軍の強化を図っていた。

今日の作戦でレティシエルが率いた部隊は、回収した帝国の銃の扱いに特化させるため、ライオネルに申請して新設された部隊だ。この部隊にのみ銃装備が許可され、短期間で集中的に銃の扱いや射撃について訓練を行った、いわば銃専門部隊である。

今日の作戦を立案したのもレティシエルで、これは魔導兵器対策の前に、自軍による銃の運用や威力をテストするためのものでもあった。

魔導兵器対策の新兵器は、おそらくホイホイ量産できるものではない。敵の武器を使い回せる銃もプライスレスで有効性が高い武器であることは間違いないのだ。

ちなみに銃弾に関してはさすがに敵のものを回収するのは難しいので、自国で生産しているものを使っている。

「お疲れ様です、ルーカス殿、シエル殿」

「ん？　ああ、戻るぞ。お前たちも良く戦ってくれた」

「いえ、お二人の連携があっての勝利ですよ」

周辺に集まってきた兵士たちが、誇らしそうな嬉《うれ》しそうな表情で声をかけてきた。

「いやぁ、しかしここ何日かは本当に勝ってばっかだな」

「このままいけばこの戦争勝てるんじゃないか？　なぁ、シエル殿」

「……油断は禁物です。この状態がずっと続く保証はどこにもないのですから」

若干警戒心が欠けてきてるような気がしなくもない味方に、レティシエルは内心ため息をこぼしていた。

戦争に慣れていない時代に生きる人たちだからなのか、勝ち戦をしたことがない人たちだからなのか、どうにも連続の勝利に浮かれているような気がする。

むしろ今の王国軍の勝利は全て、帝国軍側の統制や不和の隙を突いているようなものだ。正面からぶつかった結果ではない。

（今こそ一番どう転ぶかわからない時期なのに……）

「……あ、シエル様！」

陣地に戻ると、ゲートのすぐ近くでジークが立っているのが見えた。レティシエルの帰還を見つけて、こちらに手を振っている。

「ジーク？　どうしたの？」

「お見せしたいものがあるんです。一緒に来ていただけますか？」

「え？　でも、私は戦況の報告がまだ……」

「シエル、それは俺のほうでやっとくから安心しろ」

戦果報告の件が脳裏にちらついたが、それは後ろから顔を出してきたルーカスが代わりを申し出てくれた。

「……ではお願いします」

「おう、任しとけ」

その申し出をありがたく受け入れ、レティシエルは早速ジークと一緒に兵器開発部まで出向いた。

「ジーク、もしかして対抗兵器が……？」

「はい。まだ調整作業は終わっていませんが、試作機が出来上がったんです」

ジークの研究机の上には、小型の銃のような形の武器が置いてある。フレームや塗装もなく回路やパーツがむき出しになっており、一目で試作品とわかるものだ。

「これがその兵器？」

「ええ、学園長にも試用していただいたので、効果は保証できます」

「ならジークの仮説は理論的には何も矛盾はなかったのね」

「そういうことです」

許可を得てからレティシエルは試作兵器を手に取ってみる。形状は小型銃のそれだが、この兵器にはトリガーはあっても銃口はない。

「これを引くだけで起動するのかしら？」

「はい、そういうふうに調整しました。工程は少ないほうが扱うのも楽でしょうから」

ただ敵でも簡単に使えてしまう可能性はありますけど、とジークは続けて苦笑した。

帝国の魔導兵器のように、所有者を定めるシステムを組み込めたら良いのだが、その解明にはまだ時間がかかるだろう。

「トリガーを引くだけで、内蔵している複合術式が連鎖的に起動します。そうすれば兵器を中心に魔素の結界が張られるので、それが魔導術式の攻撃を無効化してくれます」

「複合術式、うまく起動できるようになったのね」

「ええ、それに関しては本当にお世話になりました。シエル様がいなかったらこんなに早く完成しませんでしたよ」

この複合術式とは、錬金術式の一部と魔導術式の一部を組み合わせた特殊な術式だ。

錬金術式は魔力を抽出して放出するため、魔導術式は魔力を弾《はじ》く魔素結界を構成するために組み込まれている。これによって一時的に体内の魔力量が減少し、魔素を受け入れられる状態になることができる。

ジークがレティシエルに協力を求めた箇所もまさにこの部分で、全然違う力の中で使われる術式をどう複合させるか、レティシエルも頭を悩ませたものである。

「ただやっぱり長時間の運用は難しいですね。魔力量の減少は一時的にしか保証できないですし」

「そこはどうしようもないわ。トリガー一回につき術式の発動は一度だし、発動直後の冷却時間もあるもの」

「その点は今後の課題として改善していくとして……あと少しですね」

「そうね。ラストスパート、頑張って」

微笑《ほほえ》みながらレティシエルはジークに右手の拳を向けた。ジークもその意図を理解して、自分の右拳をコツンと合わせてくれた。

＊＊＊

戦場での夜は静かに更けていた。

焚火《たきび》によって煌々《こうこう》と照らされ、夜襲を警戒する警備兵が巡回する帝国軍の本陣で、ディオルグは偵察兵の報告を聞いていた。

「……ほぉ？　王国軍がまた何かコソコソしているのか？」

「はい。しかし具体的に何を企《たくら》んでいるかまではわからず……」

「ふん、役に立たない奴《やつ》だな」

　チッと舌打ちをしてディオルグは吐き捨てた。

　王国側が妙なことをしているのなら、具体的な企みがわからずして何の意味がある。まったくこんな些細《ささい》なことすら調べられないとは無能ばかりだ。

「まぁいい。お前は引き続き王国軍の調査でもしていろ、下がれ」

「はい……」

　深々と頭を下げ、偵察兵はスゴスゴと退出していった。

　テントの中で一人になると、ディオルグは腰に下げている巾着を開け、中から簡素な作りの木箱を取り出した。

　開戦より少し前、突然屋敷を訪ねてきた白ローブの男から渡されたものだ。箱を閉じていた紐《ひも》をほどき、ディオルグは箱を開ける。

　中には多くの黒い石が入っていた。手のひらにすっぽり収まる程度の大きさで、ロウソクの輝きを受けて鈍く光っている。

『……なんだ、これは』

『呪石という特別な宝玉ですよ。これを体に埋め込んだ者は、神にも匹敵する力を得ることができます。お近づきの印にどうぞ』

『この俺を騙《だま》そうとするなど、まったく良い度胸だ。頭と胴体がお別れする準備はできてるんだろうな？』

『おっと、怖い御方《おかた》ですね。別に貴公を騙そうだなんて思っちゃいませんよ？　ただ貴公ならきっと興味があると思いましてね。究極の、悪の力に』

ジャックと名乗るあの男との会話が脳裏でよみがえった。

王国軍が何を企んでいるのかは知らないが、そんなものはこの呪石をもって全てねじ伏せてやろう。

木箱を閉じてテーブルの上に置き、ディオルグは腹心の将軍をテントまで呼びつけた。

「ディオルグ様、お呼びでしょうか？」

「奴隷の用意をしろ。数は任せるが、できるだけ多く集めろ」

「かしこまりました。……あの、なぜ奴隷を？」

「それはお前が知る必要のないことだ。俺には俺のやり方がある」

そう言って椅子から立ちあがり、将軍の前まで歩いていくとディオルグは彼の肩にポンと手を乗せた。

「全ては帝国軍の勝利と、邪国を滅ぼすためだ。つべこべ言わずに黙って動け」

「はぁ、わかりました。では早速準備してまいります」

少し眉をひそめたが、一つ頷《うなず》くと将軍はまたテントから出ていった。同じ戦争派に属する者同士、ディオルグのやり方に文句を言ってくる者がいないのはありがたい。

「……王国軍の魔道士とやら、この俺に勝てると思うな」

目に不敵な光をたたえ、ディオルグは笑う。深夜の総大将テントの中で、ディオルグの高らかな笑い声だけが響き続けるのだった。

＊＊＊

翌日に最終調整を行い、対魔導兵器装備は完成となった。

新しく開発されたこの兵器は滅魔銃と仮に名づけられ、早速前線での戦いに投入されることとなった。

「ジークまで前線に来ること、なかったのに」

「そういうわけにもいきませんよ。私が開発した武器ですし、自分の目で結果を確かめる責任があります」

「……ジークって、意外と頑固なところがあるのかしら……？」

「？」

本来、兵器開発部に詰めているジークは滅多に戦場に来ることはない。

むしろ非戦闘員だから戦場に来ること自体あまり許可されることではないのだが、自分で開発した兵器の性能や課題は自分で見届けると言って聞かず、ついにはライオネルが押しに負けて許可を出し今に至る。

そして二人の視線の先には、今まさに剣を交えている王国軍と帝国軍の軍勢が見えている。

「撃てぇ！」

帝国軍の最前線で戦っている敵が急に引き、タイミング良く後方に待機する魔導兵たちの魔導兵器が一斉に火を噴く。

「ひるむな！『枝』に止まれ！」

それに対して王国軍の対応も比較的冷静だった。対抗手段を得たことで、敵への恐怖が薄れたのかもしれない。

『枝』というのは、滅魔銃の保有者を指すコードネームだ。滅魔銃の数はまだ少ないので、現状幹部や上級兵たちに支給して前線で活用してもらっている。

各『枝』を中心に陽炎《かげろう》のような結界が展開される。ユラユラと揺れるその結界は、近づいてきた魔導兵器の弾丸を全て飲み込む。

結界に入った瞬間、魔導兵器の弾丸は一斉に動きを止め、ブルブルと激しく震えながら霧散していった。

「なっ！　防いだ!?」

「結界か!?」

これまで魔導兵器に対して無力だった王国側の反撃に、帝国軍の動揺は相当なものだった。

「効いてそうだな」

「はい。間に合って本当に良かった」

「そうね」

少し離れたこの仮陣地でも、前線の敵の困惑が感じ取れた。確かな成果にルーカスは腕を組んで小さく頷いた。今回の隊の総隊長はルーカスなのだが、全体指揮のため前線には出ず陣地にとどまっている。

「銃部隊、弓部隊、攻撃準備！　この機を逃すな！」

間髪容《い》れずに王国軍の攻撃が敵軍に叩《たた》き込まれる。先ほどの動揺のせいで一瞬反応が遅れた敵軍は、銃弾や弓矢をもろに喰《く》らって足止めされているようだ。

やはり王国軍と帝国軍の強さを隔てていたのは技術面が大きいらしい。それをある程度克服できれば、戦術や兵士個人の能力を駆使して勝てない相手ではない。

「大将！　敵軍の幹部を一名捕縛したと、前線から連絡が……！」

「本当か!?　すぐ行く」

伝令の兵士と一緒に、報告を聞いたルーカスはすぐに陣の外へと向かっていった。

残されたレティシエルたちは前線からの報告を整理する。大部分は滅魔銃についてで、使い勝手から敵兵器への効力まで、幅広い報告が寄せられていた。

「やっぱりトリガーを引いて兵器が起動しているときは、起動者が無防備になってしまうわね」

「魔力を一気に放出しますからね。かなり体に疲労が蓄積されてしまいますよ」

「術式の演算効率を少し見直してみるわ。放出量の調整ができれば負担も軽くなるはず」

「私のほうでもエネルギー回路を組み直してみます」

情報と照らし合わせながら、滅魔銃の課題について検討する。

突貫工事で作っただけあって、どうしても滅魔銃には様々な欠点が生じてしまう。戦争と並行してまだまだやることは山積みのようだ。

「戻ったぞ」

「大丈夫でしたか？　学園長」

「おう、問題ない」

戦場方面から戻ってきたルーカスも話にまた加わってきた。捕虜にした敵の幹部の処置を終えてきたばかりらしい。

「ともかく、研究プロジェクトとしてはひとまず成功といったところかしら」

「ああ、短時間で良くここまでできたと思うぞ。ただ課題はまだまだありそうだな」

「そうですね。何しろ突貫工事で作ったものですし、戦いで新旧併用しつつ改良していかないといけないでしょう」

「そうね。これからも情報については――……」

「た、大変です!!」

そのとき、一人の伝令が大慌てでテントの中に駆け込んできた。息を切らし、顔色は真っ青だった。

「どうした？」

「そ、それが、緊急事態でして……！」

ルーカスが伝令に問いかける。伝令は必死に息を整えていた。

「て、帝国軍に……」

「落ち着け、ゆっくり話せ」

「帝国軍の中に、白い髪の兵士たちが……！」

白い髪の兵士。その一言を聞いた瞬間、レティシエルは弾《はじ》かれるように駆け出した。

そんなもの、一つしか思い当たる存在がない。レティシエルが前線までたどり着いた頃には、王国軍の間にはすでに激しい動揺が広がっていた。

「な、なにが……急に何が起きたんだ!?」

「そんなこと、わかるわけないだろ！」

「赤い……あの、赤い目……！」

赤い目……白い髪……。

散り散りになりかけていながらも、懸命に撤退しようとしている前衛軍を通り越し、レティシエルは前線に出る。

そこでレティシエルが見たのは、王国軍を一方的に蹂躙《じゅうりん》している白髪に赤い目の兵士たちだった。

王国兵たちは、その怪物たちに手も足も出ない状態だった。果敢にも挑みかかろうとした者は人と思えぬ怪力に叩き伏せられ、首を噛《か》み切られて一瞬で息の根を止められた。

その光景はこれまで何度も話に聞かされていた、かつてラピス國と繰り広げた戦争の情景と同じものだった。

「こんなの、あのときの再来じゃないか……」

誰かの呟《つぶや》きが耳に届いてきた。レティシエルはあの戦いを目撃してはいない。でもその言葉には不思議と納得できた。

王国兵の血で全身を赤く染め、白髪の兵は人とは思えない雄たけびを上げる。きっとこれは、スフィリア戦争当時の状況そのものだ。

「……何、これ」

むせ返るような血の臭いが漂う。

およそ人間がやる戦とは思えない残虐な光景が広がっている。

白髪の兵士たちが、線上にいる兵たちの体を喰らっている。それが死肉だろうとなんだろうと、あるいは敵だろうと味方だろうと構わないらしい。

王国兵だけでなく、自分にとって味方のはずの帝国兵まで呪術兵たちは襲っている。不快な音と血まみれの呪術兵たちが戦場を覆っていた。

レティシエルが過去に戦った呪術兵たちは、同じ外見特徴を持ちながらここまでの残虐性を見せたことはなかった。

あるいはレティシエルが相手だったから、そう見えただけなのだろう。以前の兵たちも、周囲に他の人がいたら違う攻撃性を見せたのだろうか。

それとも、呪術兵とは本来こうあるべき存在だとでもいうのか。

（……これも、あなたの意志なの、サラ……）

もしそれが真実ならば、ここまで残酷な者を生み出してまで、あの子はいったい何をこの世界に望んでいるのだろう。

今ではもう元の面影はどこにも残されていない、仮面の少年となった幼馴染《おさななじみ》の姿を思い浮かべ、レティシエルは唇をグッと噛みしめた。

閑章　思う者

「……」

ルクレツィア学園の大講堂。一番窓際の後ろの席に座っていたミランダレットは、不安げな表情を浮かべながら窓越しに空を見つめていた。

「おーい」

「……」

「おーい、おーいルルってば！」

「……っ！」

ルル、というのはミランダレットのミドルネームである。

耳元で泡が弾けたような感覚に、ミランダレットはハッと我に返って反射的に声をかけられた方向を向く。

ヒルメスがそこに立っていた。ちょっとのけぞっている。あまりにも勢いよく振り向きすぎて驚かせてしまったらしい。

「ご、ごめんね、リーフ、全然聞こえなかった」

幼馴染のミドルネームを呼んで、ミランダレットはアワアワと謝罪する。

ちらりと周囲を見れば、大講堂にはもうほとんど生徒が残っていなかった。先ほどまでこの講堂で行われていた講義はいつの間にか終了していた。

「もうみんな、帰っちゃってるんだね」

「そりゃそうだ、さっきので授業は最後だからな。それよりルル、その……大丈夫か？」

「え？」

モゴモゴと口ごもりながらそう言ってきた幼馴染に、ミランダレットは小さく首をかしげる。

「わたしはなんともないよ。どうして？」

「あー、いや、今日ルルずっとボーッとしてるだろ？　最近ずっとそんな調子だし、どっか具合悪いのかなぁ、とか思ってさ……あ、もしかして違う？　俺の早とちりか!?」

「……ぷっ」

まぁ、早とちりであることには違いないと思う。昔から思っているが、ヒルメスはミランダレットに対して若干過保護なところがある気がする。

恥ずかしいのか何なのか歯切れが悪そうに話していたのに、途中で何か感づいたのか途端に目を見開いて素早くこちらの様子をソワソワうかがっているヒルメスに、ミランダレットは思わず吹き出した。その動き、なんだか犬みたい。

「心配してくれてありがとう。でもわたしは平気。ちょっと……考え事をしてたの」

「そうか？　ならいいけど……」

ミランダレットの言葉に、ひとまずヒルメスは安心したらしい。わかりやすいくらいホッとしたような顔をしている。ホント顔に出やすいんだから。

「戦争のことか？」

「うん。今この瞬間も、国境で誰かが戦って傷ついて、死んでるんだと思うとどうしても落ち着かなくて」

スフィリア戦争のときにミランダレットはもう生まれていたけど、まだ五歳かそこらの幼子だった。本当の意味で戦争を経験したのは、今回が初めてである。

「……それに、ドロッセル様も……」

「あぁ……」

皆まで言わなくても、ヒルメスはすぐにミランダレットが言いたいことを察してくれた。

一週間ほど前に、学園長からの呼び出しがあったと食堂から出ていったきり、ドロッセルは学園に姿を見せなくなった。

去年から授業もとい他の生徒たちの前には出ない人だったから、気づいているのはミランダレットとヒルメス、あとはヴェロニカくらいなものだろう。

ドロッセルが学園に来なくなった理由については、先生たちが意図的に伏せているのかまったくわからないが、その二日後に学園長が戦地に赴くことが知らされた。

学園長といえば、スフィリア戦争の英雄である。その学園長の召集とタイミングを前後していなくなったドロッセル。ミランダレットはドロッセルの持つ力を知っている。無関係だとは思えなかった。

　だから学園から出立直前の学園長を捕まえてそのことを聞いた。焦りと不安で若干詰め寄るみたいな口調になってしまった。学園長はずっと困った表情を浮かべていたけど、最後は一つ頷《うなず》いてミランダレットの質問を肯定した。

「だって、絶望的な戦いなんでしょ？　いくらドロッセル様のお力がすごくても、きっと無事では済まないよ……」

　それがミランダレットの憂い事だった。

　ドロッセルが強いことは理解しているし、きっと簡単に負けたりはしないと思うけど、どうしても胸騒ぎが止まらない。

「そういやジークも最近めっきり見ないよな……まさかあいつまで戦争に駆り出されてるなんてことないよな……」

　横で同じく深刻な顔をしたヒルメスが、さらに不吉なことを言っている。それは……あまり考えたくない。

「ねえ、リーフ」

「ん？」

「このあと訓練に付き合ってくれる？」

ドロッセルが戦争に駆り出されて、ミランダレットの中では決意が湧き上がっていた。去年の春にドロッセルと出会って以来、何度か大きな事件に巻き込まれてきた。守られてばかりの自分が不甲斐《ふがい》なくて、魔術の力を求めたこともあった。

でも未《いま》だにミランダレットはドロッセルの後ろに隠れたままでいる。心のどこかではドロッセルが全部何とかしてくれるという、甘えを抱えている。

だけどこのままではいけないこともわかっている。ドロッセルだって不死身じゃない。

だから自分の力で強くならないといけない。

「おう、いいぜ！　ちょうど練習したいって思ってたとこだ！」

「……うそ。絶対試験のこと心配してたでしょ」

「………うす」

しゅんとヒルメスは大人しく指摘を認めた。耳としっぽが同時にしおれる様子が見えるようだった。

進級及び入学して一か月後に行われる実力試験。ヒルメスはわかりやすいから、苦手な試験が近づくといつも頭の半分が試験に対する心配で占拠されてしまう。

「でも！　ドロッセル様のことを心配してるのは本当だぜ？　師匠は確かに強いけど、師匠だって人だし全知全能じゃないし……」

「わかってるよ。リーフだってドロッセル様のことが心配なのでしょう?」

「ああ。なんたってドロッセル様は俺の師匠だからな!」

今は無理でもいつか彼女みたいに強くなって大事なものを守りたい、と拳を握りしめてヒルメスは気合十分といった様子で言った。

「いつもこっそり剣術稽古場で練習してるの、知ってるんだからね」

「そうか! ……え? バレてたのか……?」

「バレバレよ。リーフ、顔に出やすいもの」

「マジか!」

本当に彼はいつもやる気と元気に満ちていて、見ているだけで明るくなれる。まぁ、そういうところは嫌いじゃないんだけど、となぜか心の中で言い訳してみる。

遠い国境でドロッセルは戦ってくれている。ならば自分もただ不安に負けて丸まっているわけにはいかない。

いつか、ドロッセルの力になれるよう、今は自分にできることを精一杯やろう。ミランダレットはヒルメスと一緒に魔法訓練場に向かった。

＊＊＊

ヴェロニカは自分に与えられている花壇で、植物たちに水をあげていた。

しかしその様子はどこか心ここにあらずだった。水を出しているじょうろも、ただじょうろが傾けられただけで、水やりは全然均等じゃない。

「……ドロッセル様」

一週間ほど前から姿を消したドロッセル。彼女が戦場に駆り出されていることは、寮の先生たちの話から聞いて知っていた。

でも自分たちと同じ十六歳でしかないドロッセルまで戦争に駆り出されるなんて、どれだけ今回の戦いは過酷なのだろう。

そう思うとドロッセルのことが心配で、ヴェロニカはここ数日ずっと集中力を切らしっぱなしだった。

カランカラン。

「……あ」

ぼんやりしたまま振り返った拍子に、足元に置いていた金属のバケツを蹴っ飛ばしてしまった。

蹴ってしまった勢いでバケツはそのまま林のほうにコロコロと転がり、靴のつま先に当たって止まった。ん？　つま先……？

「こ、こんにちは……」

人がいる、と一歩遅れて気づいて顔を上げれば、そこに両手いっぱいに紙束を抱えた男の子が立っていた。青いくせ毛で大きな丸メガネをかけている。

「あの、これ、あなたのですか？」

「は、はい。ありがとう、ございます」

転がっているバケツをヴェロニカは慌てて拾いにいった。

「……あ、えっと、僕は、ツバルと言います」

「ヴェ、ヴェロニカ、です」

ツバル様……お名前は聞いたことがある気がする。確かドロッセル様と一緒に研究に励むお仲間だったような。

自己紹介をしたのは良いけど、おかげで何となくその場を立ち去りづらくなってしまった。お互いがお互いの顔色を恐る恐るうかがっている。き、気まずい……。

「ヴェロニカ様は、園芸、ですか？」

「え？　は、はい……ツバル様こそ、どうしてここに？」

「僕は、先生に少し用がありまして……」

「そ、そうでしたか」

そう返事をしつつもヴェロニカはどこか自分が上の空であることを感じていた。

「……やっぱり、心配ですか？　ドロッセル様のこと」

それはツバルにも伝わっていたようで、おずおずと彼はヴェロニカにそんなことを聞いてきた。

「え？　あ、あの……」

「あ、すみません！　知ったようなことを言いました！」

「い、いえ、ちょっとびっくりしただけですから！」

内心を読まれたみたいで驚いてしどろもどろになるヴェロニカに、ツバルがアワアワと慌て、それをこちらも慌ててなだめた。

「だって、まだ、ドロッセル様に教えてもらってないこと、たくさん、ありますから」

ポツリとそう呟《つぶや》いた。少し前にドロッセルが渡してくれた錬金術という力についての本もまだ読み終わってないし、聞きたいことだって山ほどある。心配ないわけがない。

「……僕もです」

ヴェロニカの言葉にツバルもそう言って小さく頷いて同意した。

「ドロッセル様の研究室に入らせてもらって、一年経《た》ってますけど、わからないことがまだまだたくさんあります」

「ツバル様……」

「そ、そりゃあ、僕は武術も魔法とかも全然、ダメだけど……」

「えっと……そ、それは、お互い様です！　私も全然、何もできないけど、だから、ドロッセル様の無事を、祈りましょう！」

よく知らない人に自分の感情を語るのはずいぶん久しぶりで、緊張で少しろれつが回っていない。あと理屈がちょっとおかしい気がする……？　あれ？

二人は互いに顔を見合わせ、どちらからともなく笑い合った。戦争が始まってしまってから、こうして声を出して笑ったことはなかったかもしれない。

「そう、ですね。僕もドロッセル様が無事に帰ってくることを祈ります」

「はい！」

「……」

「……」

ひとしきり笑ったのはいいのだけど、それが終わるとまた二人の間に沈黙が流れてしまう。えっと、どうしよう……。

「……ところで、あの……」

「は、はい？」

「用事が、あったのでは、ないんですか？」

「……あ！」

恐る恐る聞いてみると、ツバルはビクッと肩を震わせて目を見開く。すっかり忘れていたみたい。ポケットから急いで懐中時計を取り出して時間を確認している。

「そ、そうです、そうでした。すみません、僕もう行きます！」

お邪魔しました！　とペコペコ頭を下げ、ツバルは慌ただしく木々の向こう側へと消えていった。

その後ろ姿を見送りながら、そういえばドロッセルたち以外の誰かとまともにお話ししたのは彼が初めてだったな、とヴェロニカはふと思った。

＊＊＊

その場所はとてもとても白かった。

前後左右どこを見渡しても真っ白で、空間の中にはところどころ真っ白で大小様々な立方体が転がっている。

「……ったく、なぜいちいちここに出向かなければならないんだ」

空間内に足音を響かせながら、ディオルグはどこか苛《いら》立《だ》っているように吐き捨てた。

プラティナ王国との戦争が始まる前、独断でディオルグに協力を申し出て以来、面倒ではあるがジャクドーは何度かこの男をこの空間に招いている。

「そこは総督様にわざわざ来てもらいませんと。ほら、俺がそちらの陣地に行っては目立ちますから」

「ふん」

近くに転がっているキューブの縁に、ディオルグはドカッと座り込む。その様子をジャクドーはヘラヘラしながら眺めていた。

「それで？　呼び出しておいて用件はなんだ」

「まずは礼を言おうかと思いましてね～。例の宝玉、使ってくださってありがとうございます」

「あぁ、あの呪石か。思いのほか使いやすいし戦力にもなるし、良いものを持っているじゃないか」

ハハハと機嫌よく笑うディオルグにジャクドーは無言を貫いていた。彼を見つめる視線は冷めていた。

「では今日お渡しするもう一つのものも、きっとお気に召すでしょう」

しかしそんな様子は微塵《みじん》も悟らせることなく、にこやかに微笑《ほほえ》みながらジャクドーは話を続けた。

「ほぉ？　なんだ？」

「これですよ」

一番足元にあったキューブをジャクドーが軽く蹴ってどかすと、その下から長方形の木箱が出てきた。それを拾い上げ、ジャクドーはディオルグに渡す。

「なんだね、これは」

「頑張って戦う総督様に、俺からの贈呈品ですよ。それさえ扱いきれれば、王国軍など敵ではないでしょうね～」

そう言うとディオルグの目がギラッと光った。王国軍を打ち破って己の野望を叶《かな》えようとしている男には、魅力的な言葉だったようだ。

「まぁ、これはもらっておいてやろう。せいぜい戦場で活用させてもらうぜ」

「はいはい。大事に使ってくださいね～」

その言葉が聞こえているのかいないのか、木箱を手にディオルグはこちらに背を向ける。白い空間が一部ぐにゃりと歪《ゆが》み、黒い渦のような円いゲートが出現する。そのゲートを通ってディオルグはまた自分の陣地に戻っていった。

「……もう出てきてもいいんじゃない？」

ジャクドーが白い空間に声をかけると、やがて一つのキューブの陰からヒールの音を鳴らして赤いドレスの女性が出てきた。サリーニャだった。

「隠れなくても良かったんじゃない？」

「不必要な接触はわたくしのストレスになるだけですわ」

ディオルグが消えた方向を侮蔑の目で見つめるが、サリーニャはすでにディオルグから関心を無くしていた。

　必要もないのにわざわざ毎回ディオルグをこの空間に呼び出すのは、サリーニャがディオルグの動向を監視するためである。無駄に力は浪費するが、特にこちらに不利になることもないし、気まぐれに協力している。

「監視してないと信用できないなら、もっと手頃な駒を探したほうがいいんじゃない？」

「ご忠告ありがとう。お前になんか言われずとも、わたくしにはわたくしのやり方があるわ。余計な口を挟まないでくださる？」

「あぁあ、怒られちゃった」

　ケラケラとジャクドーは小さく声を上げて笑う。サリーニャの眉間のしわが深くなっている。

「そういえば君も聞いてるよね？　戦場を舞う華麗なお姫様のこと」

「……」

　お姫様の話題が出た瞬間、サリーニャの両目が吊《つ》り上がった。瞳の奥に一瞬で憎悪の炎が灯《とも》り、鬼のような形相でこちらを睨《にら》んでいる。

「あ、そういえば禁句だったんだっけ？」

「……黙れ、ジャクドー」

「はいはい」

　フィリアレギス家を没落させ、サリーニャを今の状態にまで貶《おとし》めた銀髪のお姫様に対する彼女の恨みは凄《すさ》まじい。まったく女は面倒なものだ。

「でも、あの男、多分負けるよ」

「ええ、そうでしょうね。帝国に潜って最初に接触したのがあの男でなければ、あんな雑魚を頼ったりはしないわ」

「へぇ？　あの男を見捨てるんだ？」

「どうだっていいわ。わたくしは、わたくしの目的さえ果たせれば構いませんもの」

フンと不遜に鼻を鳴らし、サリーニャは迷うことなくはっきりとそう言い切った。

サリーニャの目的は、過去を全てなかったことにし、再び貴族の世界に返り咲くこと。

それを実現してくれる駒は誰だっていい。

「あの男が使えなくなったら、また別の人間を見つけるまでよ」

「……ふぅん。また別の男を探すんだ」

「使えない男は必要ないもの。文句でもあるかしら？」

「いーえ？　あ、そうだ。どこに行く予定？」

ジャクドーがそう尋ねると、サリーニャは露骨に不快そうな顔を浮かべた。

「そんなこと、お前に話す必要なんてないわ」

「まぁ、そうなんだけど、もし帝都に行くことがあったら、持っていってほしいものがあるんだよね～」

そう言ってジャクドーは懐から一つのキューブを取り出した。

半透明で乳白色をした手のひらサイズの立方体だ。中身を見通すことはできないが、まるで脈打つように白い光が淡く輝いては消えていく。

「知ってるよね？　これが何か」

「……」

「この世界で、あんたが一番よくわかってるはずだ。これで人を殺したことがある、あんたならね」

サリーニャは沈黙したまま、穴が開くほどキューブを睨んでいる。

外装の見た目は違えど、彼女は十一年ほど前にこのキューブと出合っている。当時まだ幼かったサリーニャに、行商人に扮《ふん》したジャクドーが渡した。

スフィリア戦争の最中に王女を焼き殺すことになったのも、その責任を妹に押し付けることになったのも、嘘《うそ》で塗り固めた人生を送ることになったのも、全てはピエロのおもちゃに埋め込んだ一つのキューブまで遡る。

だから、このキューブを断ることは決してできない。これこそ、サリーニャの過去そのものを縛る唯一絶対の枷《かせ》なのだから。

「これ、引き受けてくれるね？」

「……本当に、腹が立つわ」

サリーニャはそう言い捨て、キューブをひったくるとドレスの裾を翻して足音荒く立ち去っていった。

「……お互い様じゃないかな？」

小さくそう呟《つぶや》いて、ジャクドーはニンマリと口角を吊り上げた。

「あんたは、俺によく似てるよ、サリーニャ」

ジャクドーはいたずらめいた笑みを浮かべ、しかし感情のこもらない冷たい視線で去っていくサリーニャの背中を見つめていた。

「だからちょっかいをかけたくなるし、見ててイラついたりもするんだよねぇ」

最後の呟きに、サリーニャは気づかないままだった。

五章　ノロワレし者たち

「お、おい、なんなんだよ、アレ……」

目の前で白髪赤目の兵たちによって繰り広げられる殺戮《さつりく》。それは、戦場で戦っていた王国兵の多くによって目撃されていた。

「に、逃げろ！　殺される！」

「うわぁぁ、来るなー」

恐怖と焦りはすぐに全軍へと拡散していく。恐ろしさのあまりその場にへたり込む者、武器を捨てて逃走を図る者、やみくもに武器を振り回す者。

「……っ」

このままでは、王国軍の指揮系統そのものに問題が生じてしまう。そうなってしまってはいけない。

「ルーカス様、全軍を退却させてください」

「はあ!?　お前何言って——……」

「ここに兵士を残していても被害が拡大するだけです。わかってらっしゃるでしょう？」

「だが、そうしたらお前はどうする。残るのは危険だ」

「けど食い止める人間は必要です。私が残るのが一番妥当だと思いますが」

「……っ」

ルーカスが悔し気に眉を歪めた。呪術兵への対策が何もない一般の兵たちを残しても呪術兵の餌食になるだけ。現状呪術兵を食い止められる能力を持つのがレティシエルだけだと、彼はわかっている。

「……軍を退避させたらすぐ戻る。それまで死ぬなよ」

「ええ、わかっています」

しばらく何かに耐えるように俯《うつむ》き、再び顔を上げたルーカスの目は毅然《きぜん》とした司令官のものに戻っていた。

短くそう言い残して去っていくルーカスをレティシエルは見送る。ジークもまた、その隣で困惑を隠せないまま立っていた。

「ジーク、あなたも行って」

「しかし……！」

「あなたは軍に必要な人間よ。ここで死なせるわけにはいかないわ」

「それはあなただって……」

「いいから早く！」

ジークにそう言い残して、返事も待たずレティシエルはすぐさま戦場にとんぼ返りする。

　レティシエルが戦場に立つと、それまで死肉に夢中だった呪術兵たちが一人また一人とこちらに気づいた。

「うぅ……」

「うぅぁ！」

　意味を成さないうめき声を上げ、呪術兵たちはレティシエルに襲い掛かってくる。

　それに対してレティシエルは周囲に結界魔術を展開することで、それらの攻撃を全て弾《はじ》き返す。

（……黒い宝玉さえ壊せばいいのよね）

　普通なら個々に破壊すればいいのだが、いかんせん数が多い。レティシエルは右手のひらに魔素を集約させ、魔導術式を展開する。

　複数の魔法陣が重層的に上に向かって伸び、やがてそれは純白な細身の長剣へと変わっていった。術式から溢《あふ》れ出た光の魔素が剣からこぼれ、光る雪のようになっている。

　呪術兵の宝玉は、露出している場所にないことが多く探しにくい。しかし光と無属性の攻撃には弱く、微弱なものでも宝玉を浄化しようと引き寄せられる。

　その経験と知識を活かしたこの『浄化の双刃』は、剣をかたどった光と無の複合魔術だ。外殻は威力の低い術式を帯び、それが宝玉の位置を自動で特定することで、外殻に内包された強力な浄化魔術が宝玉を祓《はら》う。

「があぁ！」

一人の呪術兵が奇声を上げながらレティシエルの首を絞めようと手を伸ばしてくる。

レティシエルも伊達《だて》に何度も呪術兵と戦ってきたわけではない。すかさず光属性の閃光《せんこう》魔術を放って目をつぶし、その隙に双刃を振り抜く。

同時にパリンというガラスが砕けるような音が聞こえ、胸のあたりから黒い霧を立ち上らせながら呪術兵は倒れた。髪も、もうさっきまでの白ではなくなっている。

光属性の魔術は基本的に人体に害を為《な》すことはない。だからこの双刃も、黒い宝玉を砕くだけで呪術兵本人を殺すことはない。

「ぐぅう」

「ぎゃぁぁぁぁぁ」

レティシエルの『浄化の双刃』が駆け抜けるたび、黒い宝玉が砕けて霧に変わる。それは戦場を吹く風に巻かれて舞い上がる。

呪術兵の数は着々と減りつつあったが、単独戦闘の疲労も着実にレティシエルに蓄積していた。

しかしここで手を休めるわけにはいかない。上がる息を整え、レティシエルは次々と呪術兵たちを切っていく。

一閃、二閃。

いつの間にか『浄化の双刃』は八本にまで増えていた。それらはまるでレティシエルを守るように周囲を取り囲み、光を放ちながらゆっくりと旋回する。

レティシエルが指先で刃を撫《な》でれば、まるで生き物のように『浄化の双刃』は自在に戦場を飛び回り、指示した場所を的確に切り裂く。

やがて限界まで酷使した双刃は溶けるように空中に消え、代わって新しい刃が空いた穴を塞ぐ。

それでも振るい続ける。光の残像が霧の中に蠢《うごめ》き、呪術兵の断末魔が響く。

少し周囲の景色が薄暗く見える。黒い宝玉が砕けたことで舞った霧が、視界を遮っているのだろうか。

（……壊さなくちゃ）

無性にそんな使命感に似た感覚に駆られた。一体残らず壊さなくてはいけない。

レティシエルは踊るように戦場を駆け抜ける。黒い宝玉が砕けるたび、その砕けた音、立ち上る霧を見るたび、なんだか心が落ち着いてくる。

そうして戦いに集中しているうちに、体が段々と軽くなり始めた。くるりと舞うたび視界の隅に火花が散っているような気がする。

「……？」

なんだろうと少し不思議に思ったが、すぐにどうでもよくなった。とにかく体に羽が生えたような感覚だった。

視界の外縁がほんのり赤く色づいてきた。血、ではなさそうである。目が熱くなっているが、周囲を見る分には支障はない。

くるりくるり。

赤色のほかに、白色と黒色も浸食するように視界にジワジワと拡散していく。

気づけば周りの景色はほとんど目に映らなくなっていた。『浄化の双刃』を持った手と、視界の端で揺れる自分の髪。あれだけたくさんいた呪術兵も見えない。

なんだかとても気分が良い。自分の手すらも時々見失う。呪術兵たちはどこに行ったのだろう。視界は真っ赤だ。でもとにかく楽しい。

「……！　……！」

誰かの声が聞こえる。目の前に何かの顔が見えている。誰だろう。まだ、まだ踊っていたいのに――……。

「シエル……ドロッセル様！　聞こえていますか！」

「……ジーク？」

突然空気の泡が弾けるように、周辺の音や風景が急速に戻ってきた。

気づいたときには、レティシエルはジークに両肩をつかまれて彼と向かい合うように戦場に立ち尽くしていた。

周りには温かな光が満ち溢れている。浄化魔法だと気づくまでしばらくかかった。さっきまでレティシエルを包んでいた黒い霧は、その光に浄化されて跡形もなく消えていく。

「どうして……」

逃がしたはずのあなたがここにいるのか。そう言いかけてレティシエルはハッと息を呑《の》んだ。

ジークの左目から赤い雫《しずく》が頰を伝って流れ落ちていた。色が異なる彼の瞳の、紫色のほうの目が血の涙を流している。

「ジーク、あなた、目が……」

「あ、これ？　気にしないでください、たまにあるんです」

頰を伝っている血に触れ、しかしジークはさほど動揺することもなく軽く拭っただけであっさりとそう言った。

「たまにあるって……」

「外から強い負荷がかかると時々……自分のものじゃないから、当然といえば当然なんですけど」

「自分のものじゃ、ない……？」

「この左目は母さんのものなんです」

何ともないようにそう言うジークに、どういうことか聞きたかった。しかしレティシエ

ルたちの周りは無数の呪術兵に塞がれてそれどころではない。

ドォォン！

そのとき、周囲を取り囲んでいた呪術兵の人だかりの一角が吹っ飛ばされた。

「おい！　二人とも生きてるか！」

呪術兵たちが殴り飛ばされて開けた先にはルーカスがいた。彼もジークと同じくとんぼ返りしてきたらしい。

「大丈夫です、私も彼女も無事です」

「そうか、ならいいが……シエル、お前平気か？　顔が土気色だぞ」

「え、ええ。まだ戦えます」

ルーカスの言葉に頷《うなず》き、レティシエルは初めて周囲の状況に気づいた。

ジークたちが来る以前から、レティシエルの周りには大勢の兵士たちが転がっていた。帝国の呪術兵たちだ。

彼らは別にいなくなったわけではないと今では理解できた。レティシエルの目になぜか赤以外映らなくなっただけで、見えてなくても自分は彼らの宝玉を狩り続けた。

その自覚が一気になだれ込んできて、レティシエルは先ほどまでの自分に戦慄した。その状況に、自分は何と思っていた？　なぜ、『楽しい』なんて思ったのだろう。

「危ない！」

「……！」

　ジークの声に我に返ったと同時に、目と鼻の先まで迫ってきていた槍《やり》をルーカスが叩《たた》き落していた。

「おい、本当に大丈夫なのか？　疲れてるんなら無理するな」

「……すみません、よそ見していました」

　今は動揺している場合ではない。再び『浄化の双刃』を発動させ、レティシエルは今度こそルーカスたちと共闘して呪術兵たちを無力化していく。

　結界や治療などの後方支援はジークに任せ、レティシエルとルーカスは前衛として敵と戦う。

　やがて最後の呪術兵の黒い宝玉が砕かれ、その体が地面に崩れ落ちた。あとには錆《さび》の臭いを含んだ風だけが吹き抜けていく。

「終わったか……」

「ひとまずはそうみたいですね。軍は？」

「安全地帯まで退避させた」

　周辺に転がっている呪術兵たちの亡骸《なきがら》を見下ろし、ルーカスはため息を漏らした。三人の間に沈黙が流れた。

（……それにしても、さっきの感覚はなんだったのかな？）

魔術を使ってあんな感覚になったのは初めてだった。暴走……とは少し違う気がする。力は制御できていたし、魔術による大規模災害も起きていない。

「どうしました？」

考え込むレティシエルを心配したのかジークがそう尋ねてきた。

「いえ……ジークこそ、平気なの？」

「ええ、血はもうほとんど止まってますから」

そう言いつつもジークは左手で左目を押さえている。まだ痛みがあるのか、時々顔をしかめていた。

「……いつから、なの？　その目」

「……実を言いますと、記憶にはまったくないのです。多分、物心がついた頃にはもうこうなってたと思います」

「そう……」

「……それにしても、帝国もラピスのように白髪兵を投入することにしたのでしょうか」

「そうとしか考えられないけど、どうなのかし……っ、ケホッ」

そのとき、唐突に喉から何か押し上げてくるような感覚を覚え、レティシエルは咳《せ》き込んだ。手のひらに生暖かい感触が落ち、指の隙間から赤い筋が伝う。

「シエル様!?」

真っ先にそれに気づいたジークが目を見開いた。

「平気、ちょっと咳き込んだだけ」

そう言ってレティシエルは首を振った。魔術の酷使で体に負担をかけすぎたのだろうか。あるいは先ほど陥った謎の現象の反動だろうか。

「咳き込んだだけって……」

「無茶をするな。大丈夫じゃないだろうが」

「いえ、本当に大丈夫です……」

喉の奥からさらに上ってくる鉄の味を無理やり飲み込み、レティシエルはルーカスに無事を報告する。

本当はそれほど無事ではないのだが、それをこの場で言ってしまうわけにはいかない。一日ほど休養すればある程度まで回復するだろうし、余計な心配は抱かせないに越したことはない。

「……」

レティシエルの回答に、ルーカスは明らかに納得していなさそうだった。付き合いが長い分、レティシエルが嘘《うそ》を言っているのにも気づいているのかもしれない。

しかしあえてそれに気づいていない様子のまま、ルーカスと一緒にレティシエルは仮陣地へと帰還するのだった。

＊＊＊

この戦いは、一応は再び王国軍の勝利で幕を下ろしたが、王国側が払った犠牲も少なくなかった。

陣地の入り口のほうを見ると、担架に乗せられて運び込まれてくる無数の兵士たちの姿が見える。周辺の箱や丸太に座っている兵たちも、手当てを受けたばかりで血の付いた包帯を巻いている者が多い。

「……あれって、スフィリアのときの化け物だよな？」

「なんで、あれが今度こっちに……！」

さらに戦いは終わっても王国軍の間では鬱々とした空気が、兵たちの士気に大きな影響を及ぼしていた。

かつてスフィリア戦争時にプラティナ王国を苦しめた白髪の呪術兵たち。今回の戦争には、スフィリア戦争時に従軍していた兵たちもいたらしく、彼らのもとから噂《うわさ》が次々と伝《でん》播《ぱ》している。

なまじ実体験を伴う不安だから、そこからにじみ出る恐怖や絶望は本物で、それを否定することもできない。

「なあ、あんなヤバいのに俺たち勝てるのかよ……」

「いつまで持ちこたえられるんだ？　もしあいつらが夜襲でもかけてきたら……」

「……」

帝国の魔導兵器に対して以上に、王国兵たちの不安は強くなっていた。

そんな兵たちの様子を、レティシエルは静かに眺めていた。不安におびえるその姿は気の毒に思えたが、慰めの言葉をかけようとは思わなかった。

現実問題、プラティナ王国は確かに呪術兵に対抗できる確固たる手段を持ち合わせていない。レティシエルにはそれがある程度できても、それはレティシエルにしかできない対処であり、普遍性があるものではない。

だから現状では何を言っても、それは机上の空論でしかない。そんな言葉は、かえって不安を煽《あお》り立てるだけだ。

「失礼します。お呼びですか、殿下」

総大将のテントにレティシエルは出向いていた。中には王国総大将のライオネルと、これまた他の将軍たちが勢揃《せいぞろ》いしている。作戦会議の最中だったらしい。

「あぁ、シエル殿、ちょうどいいところに来られました」

こちらの姿を認めて、ライオネルがふわりと微笑《ほほえ》んだ。それは普段通りの彼の笑みだったが、そこから確かに見える疲労と焦りに、レティシエルは気づいていた。

帝国の魔導兵器への対策が何とか立てられて、これでようやく勝機に手が届くと思った矢先の呪術兵の登場である。焦りを覚えずにはいられない気持ちは理解できた。

「つい先ほどあなた方が捕虜にしてきた敵軍の幹部について相談がありまして」

「……と言いますと？」

レティシエルが聞き返すと、ライオネルはスッと笑みを引っ込めた。そこには先ほどまであった焦りなどは消え、どこまでも冷静で淡々とした視線だけが残った。

「軽く調べたところ、あなた方が捕らえてきた幹部は、帝国軍内でそれなりに高い身分と地位を有する者のようです。敵軍の機密情報を持っている可能性が非常に高いです」

「そうですか」

「ですが尋問をしたところ、なかなか口を割ろうとはしません。なのでこちらもやり方を変えようと思っています」

「……拷問ですか」

その可能性にレティシエルはすぐ気づいた。尋問で反応が悪ければ次は拷問、千年戦争のときには常識のように知られていた前提だった。

「ええ、そうです。さすが察しが良いですね」

「それで？　なぜ私に相談を？」

「あなたにもその場に参加していただきたいのですよ」

「……なぜですか？」

ここまでの前置きで、ライオネルの意図がなんとなく読めてしまった。そうとは言わず、レティシエルはライオネルの次の言葉を促した。

「治療のためですよ。そのほうが作業効率が上がりますから」

やっぱりそうだった。対象を拷問したのち、治癒魔術を使って全ての傷を癒して再度拷問する。そのためにレティシエルを使いたいのだろう。

「お気持ちはわかりますが、その方法はあまりお勧めいたしません」

けれどレティシエルは首を横に振った。

「へぇ？　どうして？」

「向いていないからです。短時間で対象が情報を話してくれるならともかく、長期間は対象の精神が耐え切れません。供述どころではなくなります」

これは別に嘘ではない。千年前でも確かにその拷問法は存在していたが、拷問などで苦痛と共に受けた傷が、なかったことにされるのは精神的に負担が大きいらしく、多くの事例では対象者が情報を吐く前に発狂してしまう。

魔術全盛期のときでさえそうなのだから、魔法以外の異能を知らない今の人にとってはなおさら向かない方法だろう。

「なるほど、刺激が強すぎるのも考えものということですか。よくご存じですね」

「……可能性を分析したにすぎませんよ。それより白髪兵の対策に取り組むことが先かと思います。敵軍の情報も大事ですが、目下重要なのは、我が軍が例の兵たちにどう立ち向かうかですので」

「確かにそうですね。ではシエル殿はそちらに集中してください。例の幹部についてはこちらで対処しましょう」

「わかりました。では、私はこのあと所用があるのでこれで」

「ええ、何かわかりましたらシエル殿にはその都度お伝えしますね」

小さく頭を下げ、ライオネルに見送られながらレティシエルはテントを出た。途端にほっと息を吐いた。

（……早く呪術兵対策を確立させないと……）

ライオネルにはっきり意思を伝えた以上、なおさら急がなければならないだろう。それさえ全軍に行き渡れば、レティシエルがいなくてもある程度持ちこたえられるはずだ。

そう考えてレティシエルは前哨《ぜんしょう》隊《たい》を連れて早急に仮陣地から戻ると、すぐさま兵器開発部のテントまで飛んでいく。

「失礼します、ジークはいますか？」

挨拶もそこそこに目的の人物を探す。一足先に戻っていた彼はテントの一番奥の机で武器のパーツ点検をしていた。

「あ、シエル様。おかえりなさい」

「ただいま。……」

駆け寄ってきたジークの顔を見て、レティシエルは言葉が出なくなってしまった。左目が白い包帯で巻かれており、そこに少しだけ赤いシミが滲《にじ》んでいる。

「……もしかしてこれ、気にしてます？」

そんなレティシエルの視線に気づき、ジークは何でもないように微笑んで包帯に触れた。

「大丈夫ですよ。元から時々ですけど、こうなることがありましたから」

「……気にしないほうが無理よ。無理、させたのは私だもの」

「私が勝手に無理しようと思ったからですよ。シエル様は逃げるよう言ってくれていたじゃないですか」

「それは……」

「何か用があるんですよね？　話、聞きますよ」

口ごもっていると、ジークは流れるように話題を転換した。おかげで結局何も言えなくなってしまった。レティシエルが気にしないよう気を遣ってくれたのだろうか。

「……呪術兵対策について話し合おうと思って来たの」

若干の気まずさは残ったままだが食い下がるわけにもいかないので、レティシエルはそのまま訪問の目的について語る。

「呪術兵……あの白髪兵のことですね。スフィリア戦争のとき戦場に投入されたという」

「ええ。それが今度の戦場にも投入されたとなると、こちらも相応の対応をしなければスフィリア戦争のときの二の舞になると思って」

「それは間違いないでしょうね……ただその割にこちらの彼らに対する情報が少なすぎます」

「情報を持っているとしたら、スフィリア戦争を経験したルーカス様か私か、あとは殿下くらいかしら？」

「学園長にはあとで話を聞くとして、まずはシエル様がこれまで遭遇した白髪兵たちの話を聞かせてもらえます？」

「わかったわ」

　請われるままレティシエルはジークに、自分がこれまで見聞きして集めた呪術兵の情報を教える。

　呪術という魔法魔術とは別の力を付与されることで、それを制御できず暴走した者であること。通常兵器や魔法では太刀打ちできないこと。暴走を引き起こしている核である黒い宝玉が個々の体に埋め込まれていること、など。

「……なるほど。やっぱりそうでしたか」

「ええ。だからこれも早急に対策を打たなければ……ゲホッ」

「……！　大丈夫ですか？」

「平気。大丈夫」

急に喉から何かがせりあがる感覚を覚え、レティシエルは口を押さえて咳《せ》き込む。手のひらには若干の血が付着している。

「……シエル様、少し休まれたらいかがですか？」

それを手ぬぐいで拭い取っていると、ジークが真剣な口調でそう言ってきた。

「このくらい平気よ。それに、今は休んでいる余裕はないわ」

「確かにそうかもしれませんけど、それで無理をしては元も子もありませんよ。体調を崩してしまったら、結局安静にするためさらに長い時間を取られてしまいます」

「でも……」

「白髪兵対策のことが心配なのはわかります。だからそういったときの対処法を研究するために私たちがいるんです。あなたがそう言ったのですよ？」

「……そうね」

まさに正論、ぐうの音も出ないとはこういうこと。思わずレティシエルは苦笑する。少し前は自分がジークの体調を案じていたが、同じ展開で今はすっかり立場が逆転している。

「じゃあ、お願いするわ」

「はい、任されました」

そう言ってジークは、レティシエルを安心させるように大きく頷《うなず》いて微笑んでくれた。

兵器開発部のテントを出て自分のテントに戻り、レティシエルはマントを脱いで寝台の上に腰を下ろした。座った瞬間視界が歪《ゆが》んだ。相当体に負担がかかっていたらしい。

今はまだ日が高く、こんな時間から横になるのは忍びなかったのだが、どこからか話を聞きつけたのかやってきたルーカスに論破され、結局横になって休むことになった。

とはいえ、横になってから夜中に目覚めるまで一切記憶がなかったことを思えば、やはり眠ったのは正解かもしれない。

翌日、帝国側から何か仕掛けてくるような様子はなかった。昨日の今日では、向こうも仕掛けてこられるような状態ではないらしい。

それでも王国軍と違って、帝国側は立ち直るのも早いはずだ。もう数日すれば、また戦いを仕掛けてくることになるだろう。

ますます呪術兵対策用の兵器開発を急がないとな、とレティシエルは灰色の曇り空を見上げて思うのだった。

＊＊＊

それからも、白髪兵たちは何度となく戦場に姿を現した。

レティシエルの奮闘やアドバイスをもらった兵士たちによってそこまで大きな被害は出ていないが、前線が押されて負けるのは時間の問題のように思えた。

「おい、そっちはどうだ？」

「今のところ異常はない」

時刻は夜、王国軍が国境沿いに設営した本営の周辺を、レティシエルは夜警部隊に同行して見回っていた。

昨日の夜、帝国が呪術兵を使って王国軍を夜襲しようとした事件が起きた。そのため夜の巡回にもレティシエルは駆り出されるようになったのだ。

「……」

周囲を警戒しつつも、レティシエルは脳内で考え事を続けていた。

出陣するとき以外、レティシエルは兵器開発部でジークと一緒に呪術兵対策兵器の研究に取り組んでいる。

兵器の仕組み自体は滅魔銃のものをベースにしようとしているから、さほど時間もかかっていないのだが、今一つの壁にぶつかっている。それは素材の問題である。

（まさか術式の負荷に耐えられる素材がないなんて……）

今回兵器に組み込もうとしている術式は、以前レティシエルが戦場で使った『浄化の双刃』の縮小版である。

滅魔銃は通常の銃と同じ素材の鋼で術式を刻印することができたが、今度は術式を刻むことはできても、発動させようとすると素材自体が耐え切れず砕けてしまう。

原因はわかっている。『浄化の双刃』のほうが圧倒的に複雑で重層的だからだ。滅魔銃の術式は魔力を抽出して魔素を引き寄せて結界状にするだけの簡単なものだったが、こちらは縮小してあるとはいえ制御が難しい複合魔術だ。

現状国内や戦地で入手できる全ての金属を試してはみたものの、どれも強度が足らず使い捨て状態だったり、そもそも使い物にならなかったりして、なんとかして術式をもっとコンパクトにできないか試行錯誤もしたが、今のもの以上に削ることはできなかった。

「……はぁ」

思わず小さなため息を漏らしてしまう。一応使える金属の候補はまだ一つだけある。

ルーカスの義手を構成していたシルバーアイアン。

あれならば可能性もあるかもしれないが、その入手は難しいだろう。何せ帝国南部産という情報しかないため、探すにもどうしたらいいかわからない。

「おーい、次のポイントに行くぞ！」

「あ、はい」

考え事をしていたら、気づけば夜警部隊は移動を始めていた。レティシエルはすぐに彼らを追いかける。

「……！」

そして背後に殺気を感じて即座に振り向いた。

レティシエルの後ろには黒々とした森が広がっている。その森に茂る木々の隙間から、爛々《らんらん》と赤く輝く双眸《そうぼう》が複数見えた。

「敵襲です！」

レティシエルが叫ぶのと、森から白髪赤目の兵士たちが躍り出たのは同時だった。

先に行っていた味方軍も気づいて引き返してきた。今回の敵は二十人程度で、全員で攻撃すればなんとかなるだろう。

『浄化の双刃』が発動し、レティシエルの手には白く輝く短剣が握られる。森の中で戦うにあたり、動きやすいよう武器の形は調整した。

呪術兵たちは夜闇に紛れてこちらをかく乱してくる。自身には暗視魔術をかけ、レティシエルはさらに無数の光の玉を呼び出した。

それらの玉は無作為に戦地を飛び回り、兵たちに明かりを提供する。これで夜の森の中でも視界が明るくなって戦いやすくなるだろう。

レティシエルは味方の兵たちとともに呪術兵たちを無力化していく。しかし戦っていくうちにこの呪術兵たちに違和感を覚えた。

（……私を狙ってる？）

彼らは他の王国兵には見向きもせず、ただまっすぐレティシエルだけを襲おうと動いているのだ。

一人の呪術兵が、振り下ろされた王国兵の剣に腕を切り裂かれた。しかし呪術兵はそちらには目もくれず、反撃する様子もない。

しかもよく観察してみれば、襲撃者は呪術兵のみで構成されていた。こんな不安定な編成は見たことがない。まるで、特定の目的が定まっているかのよう。

そのことに気づいてからは速かった。レティシエルは一寸の迷いもなく踵《きびす》を返すと、森の奥へと駆け出す。

「おい、シエル殿！　どこへ行く！」

「奴《やつ》らの狙いは私です。だから私が引き付けます！」

背後から聞こえてくる味方の声に振り向かずに答え、レティシエルはわざと身体強化魔術を使わずに走る。

複数の足音がついてきているのがわかった。見なくとも肌に感じるとげとげしいオーラから呪術兵であるのは間違いない。引き付けるという目的は達成できたようだ。

やがて陣地の光も見えないほど奥まで来た。味方から十分に引き離したところで、レティシエルは反撃に出る。

レティシエルの足元から白い魔法陣が広がり、そこから二十本の純白の槍《やり》が出現し、レティシエルを守るように周囲を取り囲む。

右手を前に突き出し、その場でくるりと一回転すれば、白い槍たちはまっすぐ呪術兵に向かって飛んでいく。

「がぁぁ！」

そして槍は呪術兵の核たる黒い宝玉を正確に貫く。『浄化の双刃』を飛び道具として扱ったまでだ。

「そこまでだ！」

ふいに男性の声が森の中に響いた。

周囲を見渡せば、いつの間に帝国の鎧《よろい》を着た兵たちがレティシエルを取り囲んでいる。

なるほどレティシエルが呪術兵を引き付けて自陣から離れることは、彼らによって計算された行動だったらしい。

「帝国の勝利のため、お前にはここで死んでもらう」

「……」

帝国兵はそう言ってこちらに剣を突き付けた。おそらくレティシエルを無力化すれば、王国軍を瓦解させられると踏んでいるのだろう。

「……あいにく、こんなことで私は殺せないわ」

言い終わると同時にレティシエルは両手を前に突き出した。

敵が反応できるより先に、展開された青い魔法陣は一瞬で拡大し、彼らが立っている場所まで全て飲み込んだ。

先ほどの呪術兵たちがこちらを止めるべく向かってくる。帝国兵もまた武器を構えてレティシエルの殺害に動き始める。しかし、全てがもう遅い。

パチン。

レティシエルが指を鳴らせば、青い魔法陣は永遠に溶けることのない氷へと変化する。その氷は魔法陣の上に立つ全ての者の足を捉え、ピキピキと音をたてながら急速にその体を覆っていく。

霜と霧が降る夜の森に、無数の氷の柱ができた。それはレティシエルが再度指を鳴らすと同時にひびが入り、音をたてて粉々に砕け散った。

全ての敵兵が倒れれば、周りに静けさが戻ってきた。それ以上増援の気配はなく、周囲にレティシエル以外の人間の気配もない。

「さて、戻らなくちゃ」

そうして来た道を帰ろうとしたとき、一瞬視界の左が赤く染まった。

思わずハッと振り向くと、森の奥にちらりと白いワンピースの裾が見えた。それはなぜか真っ暗な森の中、淡い光を放っていた。

「……？」

敵かとも思ったが、その割には気配も殺気も感じられない。誘われるように、レティシエルは白い光の後を追う。

なかなか光には追いつけなかった。追いついたと思っても、少し先のところでヒラヒラと揺れる。その繰り返しである。

いったいどこまで行くのだろうと思った矢先、レティシエルはちょっと開けた場所に出た。誘うように揺れていた光は見えない。ここが終着点だろうか。

また視界の左が赤くなった。振り向けばひらりと翻る白い裾。そこには白いワンピースを着た銀色の髪の少女が裸足《はだし》で立っていた。

（……誰？）

輪郭がおぼろげに光るその少女の顔は、後ろ向きで見えない。なんだか、少し懐かしい気がする。

声をかけようと手を伸ばしたが、謎の少女はそのまま霧のように蛍のような光となって消えた。彼女がいた場所で、何かが光った。気づけば頭上には月が出ていた。

「……これは」

それは拳大の石だった。拾い上げたそれが月光を反射し、その表面の光沢にレティシエルは目を見開いた。

シルバーアイアンだ。帝国南部でしか産出されないという希少な鉱石、それがなぜこんなところに？

　振り向くと、開けたその場所は今や月に照らされて先ほどとは違う景色になっていた。月光を弾《はじ》き、草地一面が光っていた。その全てが、シルバーアイアンの輝きだった。

「……どうして？」

　思わず口から出てしまったが、聞いたところで理由はわからない。もしかして、さっきの少女がこの場所を教えてくれたのだろうか。

　少し周囲を見れば、森の奥のほうにも光は続いているようだった。その先には夜空を背に黒々とそびえる高い山脈が見える。

　あれは……方向と位置的にボレアリス山脈ではなく、エンデッド山脈だろう。ボレアリスから派生した山脈で、イーリス帝国とラピス國の国境だ。

（……あの山に何かあるの？）

　シルバーアイアンが点々と続いているあたり、鉱脈でもあるのだろうか。

　とはいえこの場所にあるものだけで、新兵器開発には十分間に合いそうだ。今はこれ以上先に進まなくても良いだろう。

　亜空間魔術に詰められるだけシルバーアイアンを放り込み、この場所の位置をしっかり記憶に刻んでレティシエルは陣地に戻っていった。

「シエル殿！　無事でしたか！」

「敵は？　お体は大丈夫だったのですか？」

「大丈夫です、何ともありません。敵も撃退しましたから」

味方と合流すると、レティシエルはアッと思う間に取り囲まれ、あれこれと質問を浴びせられた。

それに無難な回答を返し、人の輪を抜けてレティシエルは兵器開発部のテントを目指す。

シルバーアイアンのこと、ジークに知らせなければ。

「あ、シエル殿、ちょうど良かった。探させようと思っていたところでしたよ」

兵器開発部に行く途中、ちょうど総大将のテントから出てきたライオネルと鉢合わせした。

「帝国側の情報についてわかったことがあるので知らせようと思いまして」

「情報……例の人が話したのですか？」

「ええ、吐かせるのに三日もかかりましたけど」

やれやれとライオネルはそう言って肩をすくめた。その淡々とした態度に思わず眉をしかめてしまう。

「時間はあまりないのでかいつまんで話しますね。一つは帝国軍については、今も国から停戦命令が届いているようです」

「そうなのですか？」

「まぁ、軍の上層部が握りつぶしているみたいですけど。敵総大将のことは聞いていますよね？」

レティシエルは頷《うなず》く。確かディオルグ・ブルッグボーンという男だ。

「その男が今回の戦争を断行した黒幕のようです。彼のもとに戦争賛成派の総督たちが集まっているとのこと」

「指導者に祭り上げられているということですか……」

この戦争は帝国の総意ではない。つまり帝国軍のトップであるディオルグという男を倒せば敵の攻撃が弱まるということか。

「帝国国内は今荒れに荒れていますからね、本来ならば我が国と戦争している余裕はないはずですし、今も国内の各地では暴動が起きています」

「鎮圧はされていないのですか？」

「一応鎮圧軍は組まれたようだけど、あまりまともに機能はしていないみたいです」

戦争なんかより国内の安泰のほうが遥《はる》かに重要なのに、それを捨てて戦争を選ぶ心理がレティシエルには理解できない。

「その上ディオルグの背後ではまた別の勢力が動いているようで、彼は秘密裏に陣地を抜け出したり、帝国の者ではない誰かと連絡を取っている様子もあるとか」

「……白の結社でしょうか？」

「それはわからない。少なくとも帝国の陣地内で白ローブの人間の目撃例はなさそうですから」

瞬間、ジャクドーやサラの姿が脳裏をよぎった。背後で糸を引く者がいるとしたら、彼らくらいしか思い当たらない。

とはいえ理由については見当もつかない。帝国も王国も魔術とは無縁の国のはずだ。その二国を仲たがいさせたところで、結社になんの利益があるのだろう。

「もう一つは魔導兵器についてですが、あれは動力源をアルマ・リアクタと接続させているそうです」

「アルマ・リアクタに？」

それはイーリス帝国全土のエネルギー供給を担う融合炉で、各州に一つずつしか存在しないものではないのか。

「あれは帝国の主要都市に置かれているものではないのですか？」

「どうやら携帯用の小型炉、なんてものがあるらしいのです」

「それをディオルグが？」

「ええ、あれに接続していなければ、魔導兵器は力を発揮することができないそうですから」

「なるほど……ならますます開発を急ぎませんと」

その小型アルマ・リアクタを破壊するためにも、まずは新たに投入されてきた呪術兵を退けるための兵器が必要だろう。

「何か前進につながる方法でも？」

「はい、先ほど見つけたばかりですが」

「そうですか、それは失礼しました。邪魔してしまいましたね」

「いえ、お気になさらず。敵の情報も重要なものですから」

それからもう少し情報を共有し、レティシエルは急いで兵器開発部へと向かっていく。

しかし魔導兵器はアルマ・リアクタと接続して力を発揮していたのか……。魔導兵器が魔力を燃料としているなら、もしやその大本たるアルマ・リアクタも同じ仕組みで稼働しているのだろうか。

紺色だった東の夜空が、少しずつ白み始めていた。

日の出を隠すように東の空を覆う分厚い雲に、なんとなくレティシエルは不吉な胸騒ぎがしてならなかった。

＊＊＊

「これ、良かったらどうぞ」

毎晩王国軍陣地内で焚《た》かれる焚火の前。

近くに横たえられた丸太に座るドロッセルに、ジークは持ってきていたコーヒーのカップを差し出した。

軍が配給している安物のコーヒーだ。味は正直良くないけど、温かいものは今これしかない。

「あら、こんばんは、ジーク。それ、あなたの分ではないのかしら？」

「いえ、私の分はこちらに。あ、もしかしてコーヒー、お嫌いでした？」

「そんなことはないわ。ありがとう、遠慮なくいただくわ」

そう言ってドロッセルは笑ってコップを受け取った。つられてジークも笑みを浮かべた。

「……このコーヒー、もう少し苦みをどうにかできないのかな」

「安物ですし、砂糖とかは配給されませんから、そればかりはどうにもできないんじゃないかと」

「ジークはこれ、毎日飲んでるの？」

「そうですね、遅くまで作業することが多いので、眠気覚ましに重宝していますよ」

「そんな効果があるのね……」

ドロッセルは手元に抱えているカップの中をジッと見ている。しばしの沈黙。

横目でも彼女の顔に疲労がにじみ出ているのがわかった。連日の戦闘と研究が彼女にかけている負担の大きさは計り知れない。

シルバーアイアンの入手でようやく開発が最終段階に入ったとはいえ、戦争自体はまだ終わる兆しも見えていない。

「……ありがとうね」

沈黙を破ってドロッセルはポツリとそう言ってきた。

「何がですか？」

「武器研究のことよ。ずいぶん無理難題をいろいろ突き付けてしまったし」

ささやくように言いながら、ドロッセルは少し申し訳なさそうに控えめに微笑《ほほえ》んだ。もしかして、ジークの夜更かしが自分のせいだと考えているのだろうか。

「シエル様が気にすることじゃないですよ。兵器を研究開発するために、私がここに来たのですから」

「そっか」

しばらく二人は丸太に並んで腰かけ、コーヒーを飲みながら目の前でゆらゆら揺れる焚火を眺めた。

「ねえ、ジーク」

「はい」

「……やっぱりいいや。そろそろ戻りましょう。夜も更けてきたわ」

「え？　あ、はい」

何かを言いかけて、結局彼女はその言葉を呑《の》み込み、空になったコップを持って立ちあがった。

「コーヒー、ありがとう。カップ、戻しておくよ」

「大丈夫です。これくらいは自分で戻しに行きますよ」

「そう？　なら一緒に行きましょう。どうせ方向は同じだもの」

コーヒーを入れていたカップは備品なので、使い終わったら備品担当のもとに戻さなければいけない。ジークも立ちあがり、ドロッセルを追って一緒に歩き出す。

「……目は、もう平気なの？」

歩きながらドロッセルがチラッとこちらに目を向け、そんなことを聞いてきた。

「ええ、大丈夫ですよ。この通り包帯も取れましたし」

「……そう」

「……」

ジークの返事に、ドロッセルは少しホッとしたように微笑んだ。

本当はあのときのことを聞いてみたかった。少し前の戦場、帝国が投入した呪術兵を相手に一人奮戦していたときのこと。

一度は撤退したが、やっぱり心配で戻ってきたジークが見たのは、敵の間を軽やかに舞

いながら戦う、呪術兵とまったく同じ容姿のドロッセルの姿だった。

もともと青色だった彼女の右目は、まるで浸食されるようにじわじわと赤く染まり、両目ともに血のように赤く爛々《らんらん》と輝いていた。

舞う姿はこの世のものとは思えないほど美しかった。だが同時にうっとりするような目に邪悪な不気味さを感じた。

そしてドロッセルが我に返ったと同時に、彼女の瞳は弾《はじ》けるように元の色合いに戻った。それまでの禍々《まがまが》しいオーラも消え、全て何事もなかったように元通りになった。

「ジーク、どうかした？」

「……いえ、何でもありません」

あれはいったいなんだったのか、そのときドロッセルの身に何が起きていたのか。

でもそれはやっぱり聞かないことにした。聞いても、きっと、彼女自身もよくわかっていないだろう。余計な気を遣わせてしまうだけだ。

「……シエル様」

「……？」

代わりに前を行く背中に声をかけると、彼女は不思議そうな顔で振り向いてくる。陣地内のかがり火が、彼女の横顔をオレンジ色に照らしている。

「シエル様は、どうしてそんなに強いのですか？」

「私が……強い？」

それはジークにとってはかなり素朴に疑問に思っていたことだが、聞かれたドロッセルのほうはキョトンとしている。驚いているようだ。

「…………強く、あろうとしているだけだと思う」

少しの間沈黙が続いた。ジークに背を向け、ドロッセルは空を見上げる。そこには淡く輝く三日月が浮かんでいる。

「仲間がいるから、私はまっすぐ迷わずに戦っていけるの」

「仲間……？」

「ええ、どんな過酷な戦いでも、仲間や守るべき人たちを思えば諦めずにいられる」

「それが、シエル様の強さなのですか？」

「……そうかもね。それがなくなったらきっと、こんな風に強くはいられない」

視線だけこちらに向け、ドロッセルはうっすらと微笑む。ぼんやり遠くを見つめるその目は、どこかやるせなく寂しげな光が揺れていた。

ジークは何も言わず、ただその横顔を見つめた。時々彼女が浮かべるこの寂しそうな表情は、いったい何を意味しているのだろう。

「……また明日ね」

「……はい、おやすみなさい」

曲がり角までやってきて、ドロッセルはそう言って小さく手を振ってきた。

ジークも挨拶を返すと、彼女はそのまま踵《きびす》を返して去っていく。しかしふと立ち止まり、またこちらを振り向いてきた。

「ねえ、ジーク」

「はい」

「一人で全部抱え込まないでね」

急にそんなことを言ってきた。まるで見透かされているような気がしてドキッとした。言い出せないことがあることを、彼女は気づいていたのかもしれない。

「何もできないかもしれないけど、話を聞くくらいはできるから」

「……ありがとうございます、シエル様」

笑って答えると、ドロッセルも微笑んで立ち去った。今度は振り向かなかった。

「……」

口を開き、結局そこから言葉が出ることなく再び閉じる。彼女の姿が見えなくなるまで、ジークはその場に立ち尽くしたまま見送った。

ドロッセルの言葉と気持ちは素直に嬉《うれ》しかった。だけど彼女もまたジークと同じなのだ。なんでも自分の中に抱え込み、たった一人で全てを呑み込もうとする。

誰かのために心を砕くことは惜しまないのに、自分が抱え込んだ言葉と思いを誰かに背負わせることは許してくれない。

だから最後まで、ジークはその背中に問いかけることができなかった。

——いつか、あなたの心が背負う影を、私が分かち合える日は来るのでしょうか。

六章　決戦、そして始まり

それから数日が経過した。

シルバーアイアンが奇跡的に見つかったという幸運と、連日の研究のたまもので対呪術兵用の新兵器は完成した。

この日、レティシエルとルーカスは兵を率いてスルタ川沿いの平野を見下ろす丘の林に身をひそめていた。

「……しかし殿下も思い切りが良いことだ」

「時には思い切りも大事ですよ」

平野に見えるのは川を挟んで向かい合う王国軍と帝国軍。今まさに戦いの幕が切って落とされようとしている。

対魔導兵器装備……滅魔銃二号の完成と量産が終わると同時に、ライオネルは帝国との全面決戦を決行した。それが今日である。

両国の兵力差がまだ顕著である今、戦況を長引かせることは王国にとって非常に不利な状況に陥る可能性が高い。そのため帝国軍の軍事力に対抗できる力を得たのなら、早急に決着をつけるべきだ、というのがライオネルの考えだ。

ちなみに兵器のネーミングはレティシエルによるもの。ジークたちにはなぜか微妙な顔をされたけど、わかりやすいほうが断然いいではないか。

「とにかく、突撃とタイミングは任せる。戦況を見極めてくれ」

「ええ」

眼下では指揮官たるライオネルの号令により、王国軍の突撃が始まっている。

レティシエルたちの隊の出撃タイミングは、帝国軍が呪術兵を繰り出したときである。

理由は単純、この部隊は滅魔銃二号を装備した呪術兵専用特攻隊だからだ。

呪術兵はおそらく帝国軍の主戦力ではない。最初から戦場に投入されることはなく、ある程度帝国側が押されてくると打開策として投入される傾向がある。

そのためまずは滅魔銃を使って敵を牽制《けんせい》し、相手が呪術兵を繰り出したところを新兵器で奇襲する、それが今回の戦いの狙いである。

「……来た」

遠視魔術で戦場を観察していたレティシエルの視界に、白い髪の兵たちの姿が映る。

思っていたよりもお早い登場だ。

「ルーカス様、呪術兵の出撃を確認しました」

「場所は？」

「十時の方向。スルタ川を上流から下流へ下ってきています」

「よしわかった。おい、お前ら、俺について来い。奇襲作戦を開始する」

ルーカスの指示とともに兵たちは動き出す。

呪術兵部隊の背後に回ってきたとき、兵らはすでに戦場にたどり着こうとしていた。構成員は呪術兵だけではないようで、一般兵や魔導兵の姿も見える。

「俺に続け！　誰一人戦場には通すな！」

先陣を切ってルーカスが敵に突っ込み、王国兵がそれに続く。

突然の奇襲に帝国兵たちは混乱していた。彼らもおそらく王国軍を奇襲するために、こんな戦場の脇から侵入しようとしていたのだろう。

「くそっ、迎撃する！」

「うがぁぁ！」

困惑しながらも帝国兵はすぐに態勢を切り替えた。呪術兵らもまた叫び声を上げてこちらに襲い掛かってくる。

それに対抗して滅魔銃二号が起動される。シルバーアイアンで作られた装甲に水色の幾何学模様の光が浮かび上がった。

滅魔銃二号は銃剣である。銃身と刀身両方に魔導術式が刻印されており、まずは浄化の術が発動している刀部分で斬って動きを止め、その隙に銃部分で玉を破壊する。

「玉の破壊は任せた！」

「わかった！」

「ひるむな！　二人同時で撃て！」

　味方兵が連携を取りながら着実に呪術兵を無力化している一方、レティシエルは魔導兵と一般兵を相手に戦っていた。

　この部隊は呪術兵対策最優先で魔導兵器対策を捨てている。だから代わりにそちらはレティシエルとルーカスで請け負う分担になっている。

　一部の魔導兵たちは滅魔銃二号の脅威に気づいたらしい。こちらの攻撃を掻《か》い潜《くぐ》って破壊しようとしている。

　もちろんそれはレティシエルが許さない。集合と散開を駆使して二号に近づこうとする敵たちに、レティシエルは水の魔術を展開する。

　呼び出された水流は鞭《むち》のようにしなり、レティシエルの意のままに敵兵たちの間を縦横無尽に駆け回った。

　剣を弾き、矢を折り、弾を斬る。水流の鞭に守られ、どんな攻撃もレティシエルに届くことはない。

　レティシエルの攻撃をじかに受けた魔導兵はよろけ、すれ違いざまにルーカスがその魔導兵器を破壊する。

「ファイアウォール」

こちらに攻撃しようとしている弓兵に、ルーカスが魔法を放つ。

ルーカスの義手を媒体に紅《あか》い炎がほとばしり、それはまるで彼を守る壁のように前方に広がり、飛んできた矢を全て灰にする。

魔導兵もまたルーカスに対抗しようと、魔導兵器を構え魔力弾を一斉に撃ち出す。

しかしそれは空中に浮かび上がる透明な壁にぶつかって爆《は》ぜ、ルーカスの拳によって叩《たた》き落される。

レティシエルが展開した防御結界である。これまでの経験を踏まえて、三重の結界を圧縮してある。

やがて味方兵の戦いも決着がついた。最後の黒い玉が砕かれ、あとには敵の魔導兵と一般兵だけが残った。

「これで呪術兵は全部か？」

乱発される魔力弾を素早く剣で叩き切りながら、ルーカスはちらとこちらに目を向けて尋ねた。

「ええ、全部かと」

「ならここを突破するぞ！　このまま本軍と合流し――……」

「……！　待ってください」

キィィイン！

そのとき、どこかから金属をひっかくような不快な音とともに、強力な衝撃波が戦場を駆け巡った。

肌を震わせる波動に、レティシエルはすぐに波動の発信源を探る。発信源は……敵の本陣が構えられている方角だ。

「な、なんだ!?」

味方の兵たちも動揺していたが、レティシエルは別の意味で訝《いぶか》しんでいた。

今しがた通過した敵からの謎の衝撃波、これ自体には人体に悪影響を及ぼす効力が何もなかったのだ。

「今のは……」

「う、うわぁぁぁ!!」

しかし、その答えはすぐに示された。異変をきたしたのは帝国の兵たちだった。

それもイーリス帝国の一般兵ではない。魔導兵器を保有している、魔導兵たちにのみ異変は起きていた。

魔導兵たちの持つ魔導兵器には、必ず中核となる宝玉が埋め込まれている。起動時にはそれが輝き、持ち主の魔力を兵器に供給する仕組みになっている。

その宝玉が異様な輝きを放っていた。普段の起動ではオレンジ色にしか輝かないのに、今はオレンジ色を通り越して目を刺す金色になっている。

「い、いやだいやだ!!」

「く、くるし……」

魔導兵たちの悲鳴が聞こえる。

宝玉の輝きはさらに増していき、それに反比例するように魔導兵たちの顔色は急速に土気色に染まっていった。

兵器を手放すこともできず握り続けている腕は震え、中には血の気がなく真っ青になっている兵もいる。

それでも宝玉の輝きは止まらない。まるで所有者の命そのものを吸い尽くすように宝玉は輝き、徐々にその色はどす黒くなっていく。

「これは……」

考えられる可能性は一つしかない。魔導兵器は、所有者の魔力を燃料として攻撃を放つ。

そしてその効能の強さや燃焼効率などは、兵器が接続している小型アルマ・リアクタによって制御されている。

あの強力な衝撃波は、おそらく小型アルマ・リアクタによる強制干渉であろう。あれが魔導兵器にしか影響を与えていないあたり間違いない。

魔導兵器を握りしめたまま、魔導兵たちがこちらに襲い掛かってくる。

しかしその戦い方はあまりに荒々しかった。

明らかに身体能力以上のスピードで走る者の足は負荷に耐え切れず裂傷ができており、右腕を怪我《けが》している者は右腕での攻撃を続行させせられ血を周囲にまき散らしている。たとえ体力が尽きていようと、魔導兵器を手放すことができないまま、引きずられるように戦場を駆けずり回って戦うことを強制されている。

まるで魔導兵器そのものに振り回され、操られているかのようだ。

「皆さん！　魔導兵器の核を破壊するようにしてください！　でなければ敵は魔力が枯渇するまで止まりません！」

おそらく兵器と持ち主が魔力を通じてリンクしているからだろう。拡声魔術を使って全軍に警告を出し、レティシエルも迎撃に入る。

魔導兵器によって強制的に強化されている敵兵たちだが、身体強化魔術を使えばその動きも何とか捉えられる。

放たれた魔導弾を避け、一直線に突っ込んでくる魔導兵の勢いをそのまま利用し、レティシエルは敵に背負い投げをかける。

さらに数人の魔導兵が周囲を取り囲んだが、自分を中心に円形の風の輪を展開し、衝撃波で吹き飛ばす。

衝撃波に体を殴られ、武器を破壊され、地面や石に体を打ち付けられ、ようやく魔導兵たちの動きは止まった。

無尽蔵に全てを絞り上げ、まるで替えの利く道具のように兵を利用するなんて、そんなことはきっと間違っている。

兵士だって一人の人間だ。彼らにだって自分の人生があり、家族や大事な人がいる。誰しもがかけがえのない一人なのだ。それを利己のため、欲望のために踏みにじるなんて許されることではない。

（……早く、この戦争を終わらせなければ）

気絶して倒れた魔導兵たちを見下ろし、レティシエルは改めてそう決意した。

そのためにも、まずは帝国の魔導兵器を司《つかさど》る小型アルマ・リアクタを破壊しなければならないだろう。

すぐ横から魔導剣を振り下ろして敵が現れ、回避ざまに手近にあった剣を拾ってその斬撃を弾《はじ》いた。

（けど、これでは身動きが取れないわ……）

本当は今すぐにでも敵の本陣に乗り込みたいところなのだが、魔導兵器の暴走による敵兵の狂暴化のせいで攻撃は激しくなっており、さすがのレティシエルでも足止めを食ってしまっている。

前線にはまだ暴走する魔導兵が数多くいるし、呪術兵だっている。ここでレティシエルが離脱したら戦線に支障が出ないか、そう思うと余計動けなかった。

そのとき後方から一閃《いっせん》の光が飛来し、目の前の魔導兵の武器を砕いた。

「！」

「おい、魔道士！　無事か！」

「みなさん……！」

振り向くとそこには味方の兵たちが駆け付けており、レティシエルは目を見開いた。みなこれまでの作戦で共闘したことがある顔馴染《かおなじ》みばかりだった。

「ここは俺らに任せて先に行け！」

「ですが」

「敵の本陣はもう、目の前です。私たちがここを抑えているうちに……！」

「……わかりました。お願いします！」

仲間たちの意図を汲《く》み取り、レティシエルは彼らを信じてその場を託し、自身はまっすぐ目的地に向かって走る。

敵の総大将、総督ディオルグが座する本営は、すでに目と鼻の先に見えていた。

＊＊＊

帝国軍の本営は、敵の総本山とは思えないほど静かだった。

レティシエルが本営の正面入り口にたどり着いたとき、入り口には見張りもいなかった。明らかに誘われている。

「……」

だが罠《わな》だとわかっていても、ここまで来て今さら引き返すわけにはいかない。警戒心を最大まで強め、レティシエルは慎重に敵陣地内に足を踏み入れる。

陣営内にはやはり兵士一人いなかった。あれだけいるはずの帝国軍なのに、まさか全員が本陣の守護もせず前線に繰り出しているとでもいうのか。

入り口から延びる道は一本だけだった。もっと他にも道はあっただろうに、中央の一番大きい通路のみが、両脇に等間隔に設置されたかがり火に照らされていた。

まるでレティシエルを敵陣の奥まで導く、花道のようだった。他にも撤収しきれなかった武器なども時々見かける。

花道の終着点は立派なテントだった。周囲にある他のテントより一回り以上大きく、様々な色彩で刺繍《ししゅう》が施された豪華なものだ。

おそらくここが帝国軍総大将のテントだろう。レティシエルは躊躇《ちゅうちょ》せず布をたくし上げて中に入る。

「……来たか」

テントの中は何もなく、一番奥に立派な椅子があるだけだった。

そこに座る男……総督ディオルグはレティシエルを見ると不敵に笑った。やはりレティシエルが来ることをあらかじめわかっていたらしい。

「お前が来るだろうと思っていたぞ、魔道士シエル」

「なら話は早いわ」

そう言うとレティシエルはディオルグに剣を突き付けた。花道の道中に転がっていたものを拝借したのだ。

「ディオルグ・ブルッグボーン、あなたを拘束するわ」

「やれるものならやってみろ」

ディオルグは悠々と椅子から立ちあがり、腰に下げた剣を引き抜いて同じくこちらに向けてきた。

「この戦争はあなたが引き起こしたものなの？」

「いかにも。この俺が兵を率いて、邪術に染まる悪の国を成敗するのだ」

互いに剣先を向け合ったまま、二人は一定の間合いを保ちながら円を描いて歩き始める。

「そしてその功績で、俺は皇帝すら凌駕《りようが》する圧倒的な権力を手に入れることができる」

「……そのくだらない野望のために、これだけ多くの人を犠牲にしたの」

「くだらないだと？　ふん、お前はわかっていない。大義を達成するためには犠牲は付き物だ！」

「そんなことで成し遂げられる大義なんて何の意味もない。犬に食べさせたほうがマシよ」

「……どうやらお前はどうしようもない阿呆《あほう》らしいな」

沸々と湧き上がるレティシエルの怒りに気づいているのかいないのか、ディオルグは不敵な笑みを浮かべながら憐《あわ》れむようにこちらを見ている。

無言で睨《にら》み合う。先に動いたのはディオルグのほうだった。

地面を蹴って大きく踏み込み、ディオルグはこちらの頭めがけて勢いよく剣を振り下ろす。その剣筋を読み、レティシエルは正面から彼と切り結ぶ。

剣先がぶつかり合い、火花がパチパチと飛ぶ。さすが成人男性の腕力だけあって、単純な力では及ばない。

押しに負ける前に、レティシエルは角度を調整してうまく相手の力を受け流す。

ディオルグももちろんバカではない。互いの剣が離れた直後すぐさま体勢を立て直し、間髪容《い》れずに二回三回と斬りつけてくる。

それをレティシエルは冷静に見定め、確実に防いで流していく。総督を務めているだけあって、ディオルグの武術の腕はかなりのもののようだ。

「どうした？　怖気《おじけ》づいたか！」

「……」

ディオルグの挑発はスルーし、レティシエルは剣を防いで弾くことにのみ集中する。

剣を伝って腕に重い痺《しび》れがやってくる。身体強化魔術と前世で習得した護身術がなかったら、今頃危なかったかもしれない。

「お前如《ごと》きが俺に勝てると思うな！」

相手が年端もいかない小娘だからと油断しているらしい。じわじわとレティシエルの剣を押し込みながら、ディオルグは得意げだった。

「そうかしら？」

対して興味もなく淡々とレティシエルは答えた。腕力だけで勝てると思っているのなら浅はかとしか言えない。

握っている剣の柄《つか》部分に、三重の魔法陣が縦一列に展開された。赤と白と緑色の術式だ。炎と強化、そして風の魔術が魔法陣には描き込まれている。

それらがレティシエルの剣に凝縮されると、刀身は一瞬で劫火《ごうか》に包まれた。その熱は刀身を伝ってディオルグの剣にまで届く。

強化魔術を施してあるレティシエルの剣と違い、耐熱処理がなされていないディオルグの剣は、熱を受けてぐにゃりとその形を変えた。

「バカな！」

さらに、剣の周辺にまとわせた風の刃がディオルグの手に無数の切り傷を刻み、彼の手から剣が落ちる。

自分の攻撃が通じないとは思ってもいなかったのか、ディオルグは愕然《がくぜん》としていた。

その隙をレティシエルは逃さない。剣を構えなおすと地面を蹴り、反撃を掻《か》い潜《くぐ》って背後に回り込む。

「ぐあぁぁ！」

レティシエルがすれ違いざまに振り抜いた一撃は、ディオルグの右肩を切り裂いていた。傷口から血潮が噴き出し、苦悶の声が響く。

「ここまでのようね」

「……まだだ。まだ俺には切り札が残っている！」

吠《ほ》えるように叫び、ディオルグは胸に留めてあったブローチをもぎ取った。

なんだと首をかしげる暇もなく、ディオルグはそれを思い切り地面に叩きつけた。

その光の中で、純白の立方体の形をしたキューブが砕ける光景を、レティシエルは一瞬だけ見た。

「！」

目を焼きつぶさんとするほどの強烈な光がほとばしり、咄嗟《とっさ》にレティシエルはディオルグから距離を取った。

やがて光が消えると、そこには元通りにディオルグが立っていた。いや、元通りではない。ディオルグの両腕からは青い炎のようなものが立ち上っている。

「死ね！」

まるでディオルグの声に呼応するように、青い炎はテントの布を燃やしながら蛇のようにレティシエルに迫ってきた。

咄嗟に防御結界で自分を包む。炎が結界にぶつかり、視界いっぱいに青い光が広がる。その光景に、レティシエルは見覚えがあった。

十一年ほど前に、同じような光景を見た。青色ではなく禍々《まがまが》しいくらいに紅《あか》い炎。その先にはアレクシアがいた。

（あのときの、炎って……）

まさかこれと似た現象によるものだったのか。しかし出火元はいったいなんだろう。たとえ現象が似ていても、炎の原因になりそうなものはなさそうだったが……。

「見ろ！　これがキューブの力だ！」

「……キューブ？」

先ほどの攻撃により、テントを構成していた布は全て焼け落ち、レティシエルとディオルグは曇天の空のもとに立っていた。

しかし彼が口にした言葉に、レティシエルは首をかしげた。そういえば彼がブローチを両断するとき、一瞬キューブのようなものが見えたが、あれのことなのだろうか。

「燃えて消えろ！　魔道士シエル！」

炎がさらに一回り大きく膨らむ。肌を撫《な》でる熱風は熱く、頬がヒリヒリと痛む。

複数の巨大な火の球がレティシエルめがけて同時に飛来する。レティシエルは両手を重ねてかざし、水の魔術を発動させる。

手を起点に、レティシエルの周りをぐるっと無数の青い魔法陣が取り囲んだ。

それらは一斉に光を放つと、魔法陣の中からそれぞれ一頭ずつ水の竜が、身をくねらせ、咆哮《ほうこう》を上げながら空に舞い上がる。

瞬間、レティシエルの頭上にはどす黒い雲が出現した。水の竜たちがその雲を潜り抜けると、稲妻や雷鳴とともに滝のような雨が降り注いだ。

青色の火の玉は、この豪雨のもと削られるように鎮火されていく。雨粒は地面に当たって弾《はじ》け、地表付近は白い靄《もや》に覆い尽くされた。

それでも火の勢いは止まらない。木々を焼き、周辺のテントも巻き込んで黒い煙を吐き出している。

一面の火の海は、まるで千年前の地獄を再演しているかのようだった。

「これでこの戦いは俺の勝利だ！　ハハハハ！」

ディオルグの笑い声が響く。彼を包む炎はますます強く、ますます大きくなっていた。

しかしレティシエルは攻撃の手を止めた。ディオルグのその状態が、あまりに凄絶だったからだ。

彼は気づいているのだろうか。すでに自分の体は炎によって大半が焼け焦げ、もう元の顔や外見すらとどめていないほど炭化していることに。

「ハハハハハ！　ハハハ……ハ……」

そしてディオルグの高笑いが少しずつ弱く小さくなり、体の動きも鈍くなっていく。もはやこちらがとどめを刺さずとも、その命が風前の灯火《ともしび》であることは一目瞭然だった。

レティシエルに向かって伸ばされた黒焦げの手は、炎に巻かれるままサラサラと崩れ、かつてディオルグだったものは地面に倒れ伏して灰となった。

「……」

その残骸をレティシエルは苦々しい表情で見下ろしていた。

体が燃えてもディオルグは一切痛みを感じている様子はなかった。火の色もどこかおかしかったし、あれは普通の炎ではないのだろう。

調べようにも、当のキューブはディオルグの死とともに消えてしまっていた。いったいあれは何なのか。きっと火を生み出すだけのものではないはず。

「いやぁ、すごかったねぇ。まさかあんなあっさり倒しちゃうなんて」

突然楽しそうな声が聞こえてきた。視線を上げると、そこにはいつの間にか白ローブの男が立っていた。ジャクドーだ。

「あなたは……」

「やあ、ジャクドーだよ。覚えていてくれてる？」

忘れもしない。サラと同じく白の結社に属し、何度となくレティシエルを襲撃してきた謎の男。

「ディオルグにあれを渡したのはあなたなの？　あのときの火事も、全てあなたが仕組んだことなの？」

「彼にキューブを渡した理由は単純、彼が力を欲しがってたからだ。あの火事に関しては、俺が仕組んだというよりダンナが望んだ結果だよ」

「……どうして？　いったいどれだけの人を巻き込めば気が済むの？　あなたたちの目的は何？」

堰《せき》を切って言葉が溢《あふ》れた。魔術を滅ぼすためなのか何なのかはわからないけど、レティシエルが狙いならレティシエルだけを狙えばいいものを、どうして関係ない人たちまで巻き込み、殺さなくてはならないのか。

「んー、それは教えられないかな～。最高機密ってやつだ」

「……ならば無理やりにでも吐いてもらうわ」

「おぉ、コワイコワイ。俺、今日はお姫様と戦う予定はないんだけど」

「そう。でも私にはある」

言い終わるや否や、レティシエルの頭上には巨大な青い魔法陣がその羽を広げた。

青く輝く光の中、無数のつららが鋭い刃を光らせて佇《たたず》んでいる。それらを一つに束ね、巨大な槍《やり》を形成したレティシエルは、それをジャクドーめがけて一直線に投げる。

「!?」

しかしレティシエルの攻撃がジャクドーに届くことはなかった。

ジャクドーを包むように真っ黒な結界が張られていた。魔術を受け止めると同時にそれは崩れ、中からジャクドーが姿を現す。

だけど一人ではなかった。さっきまでいなかったのに、今はジャクドーのほかに白ローブを着た男がもう一人いた。

「……何をしている、ジャクドー」

「ごめんごめん、ミルくん。あんまりにもお姫様の戦いが面白くてね～」

ミルくんと呼ばれたその男は、ジャクドー以上に怪しい出で立ちをしていた。

ジャクドーと違ってくるぶしまである長い丈のローブを着て、詰襟の服に黒い手袋をつけており、しかも顔も深くかぶったフードで隠され、口元以外まったく見えない。

「もうちょっと遊んでいたかったけど、残念、時間切れみたい」

ミルくん――ミルグレインの登場に、ジャクドーは少しつまらなそうにしていた。その横で、ミルグレインはゲートを開いていた。

「……！　待て！」

「じゃあね、お姫様。また、どこかで会えるよ」

近いうちに、ね。

そう不気味な笑顔とともに言い残し、ジャクドーはミルグレインが展開したゲートに吸い込まれていった。

遅れてレティシエルが放った火球は、二人を逃がして役目を終えたゲートに当たり、それを粉々に砕いただけだった。

（……結局、また取り逃がしてしまった……）

ジャクドーとミルグレインが消えた何もない空間を睨《にら》みつけ、レティシエルは小さく歯《は》噛《が》みした。

これだけ何度も会っているのに、毎回彼らはレティシエルの手元からするりと砂のようにすり抜けて逃げていく。

それに先ほどディオルグを燃やしたあの炎。あの青のゆらめきは、記憶の奥に眠るアレクシアを殺した炎と同じものだった。やはりあの事件の裏にも、結社は関係していた。

いったい彼らの目的は何なのか。何のためにこの戦争に手を貸し、今どうしているのだろうか……。

「……あとでまた考えよう」

軽く首を振り、レティシエルはいったんそれらを記憶の片隅にしまっておくことにした。結社のことも重要だが、今はまず目の前の戦争だ。

焼け焦げたディオルグの遺体に目を向ける。灰の中に埋もれるように、宝珠のような形の丸い物体が点滅しているのを見つけた。

おそらくこれが魔導兵器を接続させている小型アルマ・リアクタだろう。拾い上げ、勢いよく地面に叩《たた》きつければ、まるでガラスが割れるようにあっさり砕け散った。

今回の戦争での実質的トップであるディオルグは、結果的に死んでしまった。これで帝国軍の動きは鈍るだろう。

どのみちジャクドーたちはすでに逃げてしまっている。ここで地団駄を踏むよりいったん自軍に帰還したほうが良い。そう判断してレティシエルは敵陣を離脱した。

敵の陣営はすでにあちこちから火が上がっている。陥落するのも時間の問題だろう。

「ルーカス様！」

戦場まで戻ると、先陣を切って戦っている最中のルーカスの姿が真っ先に目に入った。

「ん？　あぁ、シエルか。敵の総大将は？」

「討ち取りました。本当は生け捕りにしたかったのですが」

「いや、問題ない、よくやった」

そう言ってルーカスはレティシエルの肩を軽く叩いてねぎらった。

「今の戦況は？」

「お前がアルマ・リアクタを破壊してくれたおかげで大分落ち着いた。余計な被害が出る前に――……」

ルーカスがそう言いかけたとき、沸き上がるような歓声が聞こえてきた。王国軍のものではない。

何事かと周囲を見渡すと、前線で対峙《たいじ》している敵軍の背後に無数の旗が立てられていた。

そこに描かれているのはイーリス帝国の紋章。

「敵の……増援!?」

「バカな！」

目をむくルーカスたちに、さらに後方から伝令兵が真っ青な顔で駆け付けてきた。

「ルーカス様！　た、大変です！」

「なんだ、話せ」

「イーリス帝国の、こ、皇帝が……暗殺されました！」

「!?」

その報告が聞こえた味方の間に凄《すさ》まじい動揺が走った。レティシエルもその知らせには驚きを隠せなかった。

「暗殺……」

「帝国首都で、原因不明の大爆発が起きたとのことで……」

戦争賛成派の仕業に違いないと、レティシエルは反射的にそう思った。

今回のプラティナ王国との同盟破棄も戦争も、当代の皇帝は反対していたと聞いた。戦争賛成派にとって、これほど邪魔な君主はいなかっただろう。

もともと近年の帝国は君主の権力の弱体化と総督の台頭が顕著だった。今回の戦争が決定的な亀裂を生んだとしても不思議ではない。

「ルーカス様、どうしますか？」

「……どうもこうもない。今この場を生き延びる。それだけをまずは考えろ」

「はい」

逆に戦争反対派にとって、皇帝の存在は最も重要だっただろう。その死が示すものは、もう戦争賛成派を止められる存在が帝国に存在しないということだ。

（何が……いったい何が起ころうとしているの？）

遠くにはためく無数の帝国軍の旗を見つめ、レティシエルは胸騒ぎを覚えていた。この戦争の行き着く先は、きっとただの終戦ではない。

そう、胸の内で誰かがささやいている。このままでは、終わらないと……。

どこかから、誰のものかわからない高笑いが聞こえてきた。だけどレティシエルには、それが男の笑いにも、女の笑いにも聞こえた。

（この戦いの果てに、笑うのは……いったい誰？）

それはサラかもしれなくて、でもそうではないのかもしれない。

じりじりと包囲網を狭めてくる帝国軍増援部隊に、レティシエルは態勢を立て直す。今はこの場を自軍とともに突破する、それだけを考えよう。

終章　蠢《うごめ》く影

日が完全に西の地平線に沈んでも、出撃していた王国軍の半数以上は戻ってきていなかった。

「戦場から伝令はまだか！　帰還状況は!?」

「怪我人《けがにん》の手当てを最優先にしろ！　頭数の確認はどうなってる！」

「王都に援軍要請を出してくれ！　帝国に増援がいるとか聞いてないぞ……！」

前線から届いていると思われる急ぎの伝令に慌てふためいている兵たちを、ジークは何もできずただ見ていることしかできなかった。

(ドロッセル様……)

戦地から未《いま》だ帰還していない者の中には、ルーカスとドロッセルも含まれていた。

ジークには帝国軍に増援が来たこと以外、何も今の状況について聞かされていることはない。二人が強いことはわかっているが、それでも無事を祈らずにはいられない。

「あぁ、ジーク君、ここにいたのかい」

背後から声をかけられて振り向くと、一人の男性が小走りでやってきた。ジークが属している兵器開発部のトップである。

「開発長？　どうかしたのですか？」

「滅魔銃改良のために魔導兵器の資料が欲しいんだ。あの冊子、まだ君のところにあるんだったよね？」

「あぁ……そうです」

魔導兵器に関する全ての情報は、一冊に綴《と》じてまとめてある。普段は兵器開発部の共同管理によって保管されているのだが、滅魔銃二号のことで調べ物をした際、ジークが借りっぱなしにしていた。

「すみません、すぐ取ってきます」

「悪いね。こっちも今の戦況じゃあ、休んでられる暇もないんだ」

そう言って開発長は苦笑した。それは当然だろう。敵はこちらの休息など待ってはくれないのだから。

すぐさま冊子を取りに戻るべく、あてがわれたテントへと戻る。日暮れ後で中は暗い。

マッチを擦ってろうそくに火を灯《とも》し、ジークはあっと驚いた。

「……！」

テントの中、一つだけ支給されている机の上に、一通の手紙がポツンと置いてあった。

ろうそくの微《かす》かな明かりに頼ってそれを見つけたジークは、瞬間とてつもなく嫌な予感に襲われた。

机の上に届く手紙の存在には、正直に言えばもう慣れていた。

何せ戦に参加する直前にドロッセルに見せたあの手紙以来、ジークが戦場に来てからも数日間隔でいつも机に手紙が置かれていた。

それは毎回開封して読んでいた。大体は他愛のない雑記ばかりだった。どこの街が良かったとか悪かったとか、相変わらず謎のように観光日記ばかり綴《つづ》られていた。

でも、今回のこれはきっと違う。

確信はない、証拠もない、ただの感覚。これを見てしまえば、今のままではもういられないような、そんな予感。

「……」

それでも、ジークはその手紙に手を伸ばした。

件《くだん》の資料を探すことよりも、こちらのほうが気になって仕方ない。嫌な予感は相変わらず消えないけど、これを開けなければならない気がした。

手紙を手に取る。四角い茶色の封筒だ。表には何も書かれていないが、裏返すとそこにはローランドという、差出人の名前がある。

ジークの、父親だ。

しばらく封筒とにらめっこしていたジークだったが、やがて意を決して封筒を閉じていた蠟《ろう》をはがす。

封筒が開き、中から二つに折りたたまれた手紙が出てくる。かなりの枚数あるようで手に取ったときの厚みは過去最高だったが、中身は相変わらず巡った場所と思われる地域や町の良《よ》し悪《あ》しの評価が書いてあるだけ。

しかし手紙の最後の一枚をめくり、そこに書かれた内容にジークは目を見開いた。

「……え？」

自身でも気づかずに疑問が口からこぼれ、驚きのあまりジークは手に持っていた手紙を取り落としてしまった。

地面に落ちた手紙が、パサリと乾いた音をたてる。

紙束の一番上は、さっきまでジークが読んでいた最後の手紙のページ。簡素な紙には力強い筆跡が羅列してある。

そして差出人のサインもなく、手紙はその一言で締めくくられていた。

――お前の名はジークフリート＝レナートゥス＝エーデル・フラウ＝フォン＝ラピス。十三年前に誅殺《ちゅうさつ》されたとされる、ラピス國《こく》の第十四王子だ。

＊＊＊

銀色に輝く満月が、曇ってひび割れた窓ガラスを通過して部屋いっぱいに光をまき散らしている。

三階建ての古びた塔の廃墟《はいきょ》。その一番上にある部屋で、ジャクドーは仮面の少年と向かい合っていた。

少年は仮面越しにジャクドーを睨《にら》みつけていた。彼の怒りと共鳴しているかのように、彼の背後に蠢く闇も揺らめいている。

「……ジャクドー、勝手な行動は慎めと言ったはずだ」

「まぁまぁ～、そう怒らないでくださいって、旦那」

「誤魔化すな」

どすの利いた声が部屋の中に小さくこだまするが、相変わらずジャクドーはのらりくらりとヘラヘラしている。

「なぜあの男に聖遺物を渡した。無用な手出しはするなと言ったよな？」

ジャクドーが無断でディオルグに聖遺物を横流しし、呪術兵生産の入れ知恵をしたことを怒っているらしい。

「そうですけど、手を出してはいけないとも言ってませんよね？」

「あれにかまけたところで何の意味もない」

「あれ？　そうですかね～？　旦那がご執心のあのお姫様、あのモブのおかげで結構いい感じに覚醒しつつあると思いますけど？」

「今はまだその時ではないことがわからないのか」

「まぁまぁ、予定地の帝都にも六本目の楔《くさび》は打ったんですから、低ランクの聖遺物一つ大したことないと思いますよ～？」

「……」

ああ言えばこう言う。話が続くほど少年の苛立《いらだ》ちが増しているのは一目瞭然だが、ジャクドーは一切笑みを崩さない。それはどこか飄々《ひょうひょう》とし、どこか不気味さを醸し出している。

「……お前とアレが何を企《たくら》んでるかは知らないが、私の邪魔をするなら容赦はしない。まとめて消してやる」

「おお、こわ」

怖いと言いつつも、ジャクドーは笑っている。その態度がまた気に入らないのか、仮面の少年は苛立たしそうに舌打ちしている。

「もう用はない。さっさと任務に戻れ」

「はいは～い」

バサッとローブを翻して、仮面の少年は足音荒く部屋から出ていった。

一人になったジャクドーは、しばらくその場に立ち尽くしたままだった。窓の外の月が黒い雲に隠され、部屋の中に闇が訪れる。

「……やれやれ、まったくもってめんどくさいお方だねぇ」

両手を頭の後ろで組んで、ジャクドーはボソッと呟《つぶや》いた。その口調は、どこか人を小ばかにするような響きを含んでいた。

「というわけで、ごめんね？　お前のご主人は思いのほか用心深いらしい」

壁以外にはねっとりとした闇が広がっているだけの空間に、ジャクドーは声をかけた。まるで古い友人に話しかけるような、そんな親しみがこもっている。

『……口の利き方に気をつけろ、人間。あれは我の主人などではない』

独り言めいたその言葉に、闇が答えた。

何もないはずの部屋に漂う闇が蠢き、うっすらと赤い線が二本描き出される。

それはゆっくりと上下に開き、やがて白目も黒目もない、ただただ真っ赤な瞳だけが二つ闇に浮かび上がった。

「はいはい、そうだね」

その赤い双眸《そうぼう》に動揺することなく、ヘラッとした態度のままジャクドーは思い出したようにポンと手を打った。

「あ、そうだ。黒い宝玉の呪術実験、うまくいったよ。複製品でもそこそこの呪術兵は作れるらしい」

『ほう？　我の同胞共はまだそこそこ役に立つらしいな』

「本物は109個しかないのがちょっと不便だね〜。楔用の分も残しておかないといけないし、今回は複製を使ったけど本物ほどの力はないし」

『我にはどうでも良いことだ。しかし呑気《のんき》なものだな。約束の時はすぐそこまで来ておるぞ』

「わかってるよ、俺は俺の目的のために、お前に頼み込んでまで六百年間転生し続けてるんだからさ。約束はたがえない」

『ふん、そうであろうな。あの小僧の腰巾着をしていた頃から口癖のように言い続けておったな、シャード・フィリアレギス』

「……ずいぶん懐かしい名前を持ち出してきたね〜」

六百年ぶりに聞く、自分の最初の名前だったその単語に、ジャクドーはフッと不敵に笑う。目は、笑っていない。

『気分はどうだ？　自分の遠い子孫と戦うことは』

「別に〜。俺に似てるけど、根は単純だから御しやすいよ」

『あの女子孫、始末しなくて良いのか？　あの小物が死んだどさくさに財産を盗んで逃げたようだが？』

「放っておけばいい。まだあれにだって使い道はあるんだしね〜」

『……ふん、まぁいい。せいぜい我を楽しませるのだな』

その言葉を最後に、闇の気配は部屋の中から霧散した。ジャクドーはそれを確認すると部屋を出る。

部屋の外には螺旋《らせん》階段が続いている。上に向かうものと、下に向かうもの。ジャクドーは上への階段を上る。

上っていった先には、何もない空間があった。四方に壁はなく風が遠慮なく吹き抜け、床のちりを吹き飛ばしている。

常用している片眼鏡を外し、赤い右目を顕《あらわ》にしてジャクドーは月が見えるほうの縁に腰を下ろした。もともとは木の手すりでもついていたのだろう、今は腐って跡形もない。

「……」

月を見上げ、ジャクドーは沈黙する。その顔にいつもの飄々とした笑みはなく、凍《い》てつく氷のような無表情が張り付いている。

「……必ず手に入れてみせるさ。必ず」

ジャクドーの呟きを、今はもう動くことのない時計盤と錆《さ》びて崩れかけた長針が聞いていた。

雲が風に流されて彼方《かなた》へと消え、満月が再び姿を現す。

その蒼白《あおじろ》い光が照らした大地には、草木や苔《こけ》に覆われて朽ち果てた、石造りの建物の残骸が立ち並んでいる。

廃墟となったこの時計塔を中心に伸びる十字の大通りが、昔日ここが大きな街だったことを無言で物語っている。

そしてかつて何かの街だったその廃墟の中心には、えぐり取ったような、円形の巨大なクレーターが水をため込んで刻み込まれていた。

用語集

千年後の世界に転生したレティシエル。
彼女が記したメモの一部をここに公開。

プラティナ王国

アストレア大陸南方を支配する国。私が転生した国。魔法の研究が盛んに行われている。王国としては千年の歴史があるが、今のアレスター朝をできてからはまだ六百年ほど。

イーリス帝国

アストレア大陸北東を支配する大国。千年戦争時はドランザール帝国という大陸屈指の魔術大国だったが、今は魔術にとって代わった魔法すらも許容しない。千年の間に帝国に何が起きたのかしら？

ラピス國

王国北端の山脈の向こうにある国。長きに亘って厳重な鎖国を続けており、その実態は闇に包まれている。近年は白の結社と関わりがあるようで、何かと不穏な動きを見せている。

千年戦争（アストレア大陸戦争）

千年前に大陸全域を火の海にした大戦。前世の私はこの大戦中に生きていた。あまりの長期戦に始まった年もわからないことから、後世の人がこう呼ぶようになったのだという。

スフィリア戦争

十一年ほど前に王国とラピス國との間で起きた戦争。王国北西部のスフィリア地方が戦場になった。王国は敗北して当地方を奪われている。ラピス國はなぜあんな辺境の地を欲しがったのかしら？

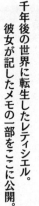

GLOSSARY

精霊

千年前から存在しているが、今では人間を嫌い、結界で守られた里にこもっている。かつて八つあった種族も今は七つしかない。千年の間に精霊と人間の間に何があったのだろうか。

魔法

王国で研究、利用されている力。主に貴族間でもてはやされ、庶民にはあまり浸透していないらしい。人が生まれ持つ魔力を使うが、魔術に比べて威力は低いし効率も悪い。もう少しどうにかならなかっただろうか。

魔術

千年前には当然のように存在していた力。空気中に漂う魔素を体内に取り込むことで発動するが魔力との相性は悪く、魔力が高い人には使えない。今はなぜか……滅亡してしまっている。この千年でいったい何が……私、これはばっかり気にしているわね。

錬金術

魔法や魔術とはまた違う仕組みを持つ力。特殊な術式を刻んだ紙を媒体にし、魔力と魔素を融合させることで発動するらしい。ただ元々相反するこれら二つの力の融合は至難の業で、使い手の数はかなり限られている。

呪術

白の結社の者たちが使っている力。術者は発動することで黒い霧のようなものを身にまとう。呪石という黒い宝玉を媒体にしていることは確認できているが、それ以外の詳細は不明。使用者は共通して目が赤くなるようだが、この左目にも何か関係しているのかしら？

白の結社

近年各地で暗躍している謎の組織。スフィリア戦争など様々の事件の裏で糸を引いている。仮面をつけた少年を統領とし、幹部らは皆白いマントを着用している。あの少年は、前世の幼馴染の転生体だった。あの子は千年の時を経て何をしようとしているのだろう。

作品のご感想、
ファンレターをお待ちしています

あて先
〒141-0031
東京都品川区西五反田 7-9-5 SGテラス 5階
オーバーラップ文庫編集部
「八ツ橋　皓」先生係／「凪白みと」先生係

OVERLAP

王女殿下はお怒りのようです
6. 戦地に舞う銀風

発　　行　2021年3月25日　初版第一刷発行

著　　者　八ツ橋 皓
発 行 者　永田勝治
発 行 所　株式会社オーバーラップ
〒141-0031　東京都品川区西五反田7-9-5
校正·DTP　株式会社鷗来堂
印刷·製本　大日本印刷株式会社

Printed in Japan ISBN 978-4-86554-867-9 C0193

面倒な家事も、些細なイベントも、
女子大生と女子高生が一緒だと
ちょっと楽しい。
4/25
発売!!
駅徒歩7分1DK。
JD、JK付き。1
著：書店ゾンビ　イラスト：ユズハ

オーバーラップ文庫
暗殺者である俺のステータスが勇者よりも明らかに強いのだが
暗殺者《モブキャラ》で世界最強!
ある日突然クラスメイトとともに異世界に召喚された存在感の薄い高校生・織田晶。召喚によりクラス全員にチート能力が付与される中、晶はクラスメイトの勇者をも凌駕するステータスを誇る暗殺者の力を得る。しかし、そのスキルで国王の陰謀を暴き、冤罪をかけられた晶は、前人未到の迷宮深層に逃げ込むことに。そこで出会ったエルフの神子アメリアと、晶は最強へと駆け上がる――。
著 赤井まつり イラスト 東西
シリーズ好評発売中!!

第9回 オーバーラップ文庫大賞
原稿募集中！
イラスト：KeG
紡げ、魔法のような物語！
【賞金】
大賞…300万円
（3巻刊行確約＋コミカライズ確約）
金賞……100万円
（3巻刊行確約）
銀賞……30万円
（2巻刊行確約）
佳作……10万円
【締め切り】
第1ターン 2021年6月末日
第2ターン 2021年12月末日
各ターンの締め切り後4ケ月以内に佳作を発表。通期で佳作に選出された作品の中から、「大賞」、「金賞」、「銀賞」を選出します。
投稿はオンラインで！ 結果も評価シートもサイトをチェック！
https://over-lap.co.jp/bunko/award/
〈オーバーラップ文庫大賞オンライン〉
※最新情報および応募詳細については上記サイトをご覧ください。
※紙での応募受付は行っておりません。